なんでも
やってみようと
生きてきた
ダウン症がある
僕が伝えたいこと

My Life with Down Syndrome
I Want to Tell You

THANK YOU FOR EVERYBODY

南 正一郎 著
Minami Shoichiro

tomi shobo
遠見書房

はじめに

南正一郎です。一九七二年に静岡県伊豆の国市の日赤病院で生まれました。

生まれた時「ヒュー、ヒュー」と一回だけ泣き声がしたそうです。とても小さな声だったそうです。

大仁《おおひと》町の母方の祖父の家で一ヶ月ゆっくりしてから、港区六本木の父方の祖父の家に帰って来て人生が始まりました。

小学校一年から二十歳まで代々木に住んでいました。現在は千葉県に住んでいます。

代々木に住んでいた時の思い出は、家の近くのしのざきと言う駄菓子屋さんに妹と一緒に行って好きなお菓子を買っていたことです。そこに行くと、色々なお菓子がありました。妹と二人でお菓子をえらんでいると「正ちゃん」と声をかけてくれる友達も来ていました。塾の行き帰りの子ども達がよく焼き鳥とたこ焼を食べていました。僕はそこのおじさんとよく色々な話をしていて、たこ焼を買って帰る途中に大中八百屋のおじさん達がはっぱをかけて応援してくれました。

いつもいつも病気になり、入院、手術、通院をくりかえしています。忘れずに薬を飲んで、健康に気をつけています。

人生色々あるけれど、自分が持っているダウン症と一緒に生きています。

一歳になる少し前に、六本木の病院で「ダウン症です。三歳までしか生きませんよ」と言われたそうです。

四十六歳になりました。いつもいつも多くの人達に理解してもらって援助していただきました。おかげで勇気と希望が持てるようになりました。

支えてくれて励ましてくれた皆さんに、感謝の気持を伝えるためにこの本を書きました。

この「ありがとう」が伝わりますように。

なんでもやってみようと生きてきたダウン症がある僕が伝えたいこと　目次

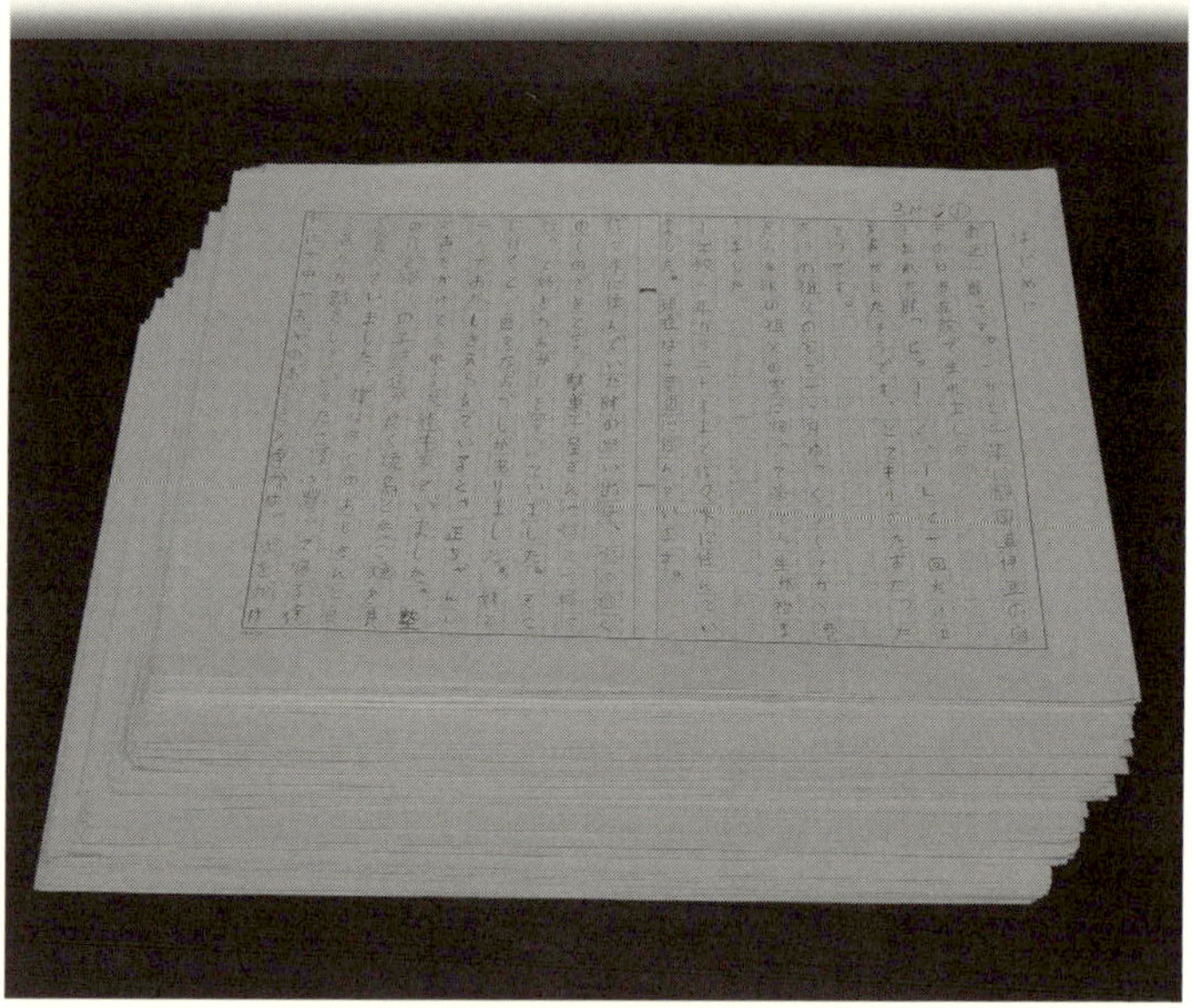

著者の直筆原稿の束
（400 字詰め原稿用紙で 200 枚以上になった）

第1章

幼少期

子どもの頃の僕

一九七二年（昭和四十七年）の秋、十月十一日に、僕はこの世に生まれました。生まれてから四十六年になります。

六本木の病院の先生からは、「三歳までしか生きられないかも」と言われたと、母が話してくれました。

幼少の頃は今ほど体力もなく病弱で、幼稚園の卒園を迎える時は、母が先生にもう一年園に籍を置いてもらえるように頼んでくれました。卒園式を終えて即入院をしました。

僕が幼少の頃、母はよく本を読んでくれました。絵を見てお話を聞くと楽しいです。『はなのすきなうし』『三びきのやぎのがらがらどん』『よかったねネッドくん』『ちびくろさんぼ』『スーホの白い馬』『ハメルンのふえふき』『日本昔ばなし』など色々たくさん思い出します。絵がうかんで来て楽しいです。

自分でも読んでみようと思って、最初は簡単な漫画や絵本をただ見ていました。

その後は国語の教科書の書き写しをするようになりました。

母に教わりながら、長い時間をかけて一文字ずつ覚えました。

そのうちに絵日記を書くようになり、十五ますのノートに書けるようになって、その後は大学ノートに日記を書くようになりました。

外出中は簡単なメモを取り、帰宅してから文章に直しながら書くようにしています。途中、日記を書くのがいやになった時期もありました。でも文章を書いていると色々なことを思います。古くなった日記を読み返すとその時のことをよく思い出します。


僕は幼少の頃はあまり話したりしゃべったりすることもありませんでした。

幼稚園の頃は、たまに単語をしゃべるくらいでした。

二歳下の妹が生まれて、その妹がしゃべるようになると、妹はいつもしゃべりかけてくるようになりました。それで僕もちょっとしゃべってみる。すると妹は「え？　え？」と聞き返してくるので、だんだんしゃべるようになりました。

妹と僕は子ども用のレコードプレイヤーで何回も何回もくり返して楽しい歌を聴きました。童謡やアニメやアイドルの歌を聴きました。妹は歌が上手です。一緒に歌います。

伊豆の国市の祖父の家に行った時には、いとこたちと一緒にアイドルの歌を歌いました。ピンクレディーやマッチの歌を歌いました。絵を書くことも大好きで今でも時々楽しんで書いています。クレヨンで書いていました。今はマーカーや絵の具やサインペンを使ったりしています。誕生日カードを作ります。

食べ物の好ききらいはありませんでした。あまーい物が好きで、中でもチョコレートが大好きです。食べること大好き！　飲物にも気をつけています。砂糖の入ってないのを飲みます。虫歯にならないように！　子どもの時から僕は、食後の歯みがきをしていたので虫歯は一本もありません。

となりの好子ちゃんとまあちゃんは毎日遊びに来ました。ひろきちゃんやみほちゃんしいちゃんも遊びに来ました。六本木のまりあちゃんも遊びに来ました。うなぎ屋のあい子ちゃんも遊びに来ました。家でおもちゃで遊んだり、本を読んだり、レコードを聴いた

妹と

り、絵を書いたりしました。そしてみどり公園で遊びました。ブランコとすべりだいと砂場で遊んでいました。砂場に水をまぜてどろんこで遊んだのが一番楽しかったです。三りん車やほじょ付き自転車に乗って遊びました。みほちゃんと好子ちゃんとまあちゃんはほじょなしに乗りました。

皆でみどり公園から帰って来て順番で風呂場で足を洗っておやつを食べました。夕方になったらさよならをしました。

僕は、母から人として大切なことを教わりました。それは何かと言うと「あいさつ」です。おはようから始まりこんにちは、こんばんは、おやすみなさい、ごめんなさい、ありがとうなどを母から教わり言えるようになりました。「正ちゃんあいさつが上手ね」と皆に褒められたので次もがんばりました。

今でも思い出すのは、渋谷区代々木の「プーク人形劇場」にいつも行ったことです。指人形やあやつり人形が劇をやります。大きい人形が出て来る「ファウスト」の劇を見ました。よくわかりません。考えるとまた見たいと思います。

母と買い物に行きました。大中八百屋さんに焼き鳥とたこ焼き屋さん、そして魚屋さんにスーパーフジストアー、佐野電気屋さんにも行ったり豆腐屋さんにも行ったことを思い出します。母はいつもお店の人達と色々話をしていました。帰りに駄菓子屋さんのしのざきでお菓子を買ってくれました。しのざきのおじいさんが「正ちゃん、今日はママとおつかいか？」と言ってニコニコしました。僕はしのざきのおじいさんとおばあさんが大好きです。食べかすをごみ入れに捨てない子はビシッとしかられます。いばったり割りこみした子はおじいさんに注意をされます。「ごめんなさい」とあやまります。いつもいつもしのざきの前に皆が集まって来ます。買ったお菓子を食べたり当たりをもらいます。皆の楽しい場所です。なつかしい楽しかった思い出です。

幼少の頃、首から下げられる財布を母が作ってくれました。毎日駄菓子屋さんに行って好きなお菓子を買っていました。それで、正しいお金の使い方がわかるようになりました。いくら使用していくら残るかという意味がわかってよかったです。買い物をする時に役に立ちます。「使い方だけではだめ。お金のあつかい方が大事よ」と母が言いました。

今は電卓で引いたりかけたりしています。

となりの好子ちゃんとまあちゃんの家に上がって遊びました。好子ちゃんはまあちゃんのお姉さんです。まあちゃんと僕に本を読んでくれます。好子ちゃんは優しくて元気なお姉さんです。僕は好子ちゃんの言うことはよく聞きます。みほちゃんとひろきちゃんも姉弟です。みほちゃんの家で絵を書いたり絵本を見せてもらったりして遊びました。しいちゃんの家に行って遊びました。おばさんと一緒にままごとをしました。

のぞみの家

二歳の時、港区麻布にある心身障害児通園施設、区立のぞみの家に入りました。

雪の降っている午後、父のバイクのうしろに乗り、のぞみの家に行きました。

父は「ここに通わせたいのです。口は達者です。と言っても単語をいっぱいよくおしゃべりをするんだけど、階段を上ったり下りたりは苦手です」と、僕のことを自慢したくて「口は達者です」というようなことを細貝先生に言ってしまったようです。本当は、人に話しかけられると覚えたての数少ない単語を「ゴニョゴニョ」としゃべっていたそうです。それは、はっきりしていなくて聞き取りにくいしゃべり方だったそうです。「とてもかわいい子なんです」ということが父の顔に書いてあったと、その時の先生がくれた手紙に書いてありました。のぞみの家では楽しいことがいっぱいありました。お絵かきをしたり、遠足に行ったり、スイカ割りをしたりと楽しいことをいっぱいしました。新春親子会では歌を歌ったり工作などもしたそうです。

いつも先生達が一緒に遊んでくれました。お庭のしばふでゴロゴロ皆で遊びました。遠足やお花見の時には、いつも先生達が僕のことを気にかけてくれていました。そしていつもそばにいてくれました。

0歳の時からいつもレコードで歌を聴いていて、妹が歌うようになると一緒に歌うようになったそうです。

テレビで歌っているのを見て歌うのが好きになりました。子ども用のレコードプレイヤーで自分の歌をかけて何回も何回も聴きました。レコードプレイヤーがこわれたので父が同じのをまた買って来てくれました。毎日かけて聴いていていてまたこわれてしまいました。同じレコードプレイヤーをまた買って来てくれました。歌うことが好きな僕はいつもマイクで歌っていました。先生達が「正ちゃんジュリー歌って！」と言ってくれて僕の歌を聴いてくれました。歌い終わると先生達が拍手をしてくれました。先生達は「ニコニコ正ちゃん優しい正ちゃん」と言ってくれたそうです。

父と

その先生達にありがとうと言いたいです。

霊南坂《れいなんざか》幼稚園

五歳の時、霊南坂幼稚園に入園しました。俳優の三浦友和さん・山口百恵さんがご結婚した、あの教会の幼稚園です。

主任の先生の名前は赤羽美代子先生といいます。

先生は母に、

「障害児の教育は普通の子どもの教育の原点です」と話してくれたそうです。

先生はダウン症のことを勉強しながら、僕を見てくれました。

僕は毎日元気いっぱい泥だらけになって遊んでいました。砂場で遊ぶのが好きでした。

そこの園長先生は牧師さんです。

毎朝お祈りをして一日が始まり、お祈りをして一日が終わり、それぞれの家に帰っていました。

日曜日には家の近所の教会に妹と二人で行ってお祈りしました。「無事に一週間が終わりました。また一週間が来ます。よろしくお願いします」。そういう感謝の気持ちを込めて、イエス・キリスト様にお祈りしました。

近所では仲の良い兄妹で有名でした。「今日は礼子ちゃん（妹）と一緒？」とよく声をかけられました。

幼稚園で一番楽しかったことはクリスマス会。

そしてお正月の餅《もち》つき大会。お餅がとてもおいしかったです。


ある日の帰り道、母と剛柔流空手道柳心館《ごうじゅうりゅうからてどうりゅうしんかん》に見学に行きました。

見ていて「すごいな、カッコイイナ、自分にもできたらな」と思っていました。

その稽古が終わるまでずっと見ていました。

「いつか大きくなったら習ってみようかな」と思うようになりました。

次の日は幼稚園で元気いっぱい遊びました。


楽しかった幼稚園生活も卒園を迎える日が来ました。

はじめに園長先生のあいさつがありました。

その後は卒園生全員で讃美歌を歌いました。

最後は皆で大きな声でこう言いました。

「僕達、私達は、今日この霊南坂幼稚園を卒園します！」

小学校には一年おくれて入学することにしました。僕は体中に悪いところが色々ありました。手術をして悪いところを全部治してから小学校に入学することにしました。もう一年続けて幼稚園に行けることになりました。

病院の先生達に相談しました。小学校に入学してから何回も入院して手術を何回もしなくてよいようにしました。

目と鼻とのどとお腹の手術をしていただきました。いつもボーッとしていた僕の目が鼻の手術をした後パチッとはっきりした目になったという話を父と母が時々してくれます。耳鼻科の橋本先生は、「手術してとても良い結果が出ましたね。私もうれしいです」と言ってくれました。そして「よくがんばったね。ごほうびだよ」と言ってポケットのペンライトをプレゼントしてくれたそうです。幼かった自分はよく覚えていないけれど、何回も入院して色々な手術をしたのは怖かった痛かったがんばったと思います。

体中の悪いところを治してくださった先生達にありがとうと言いたいです。

父と

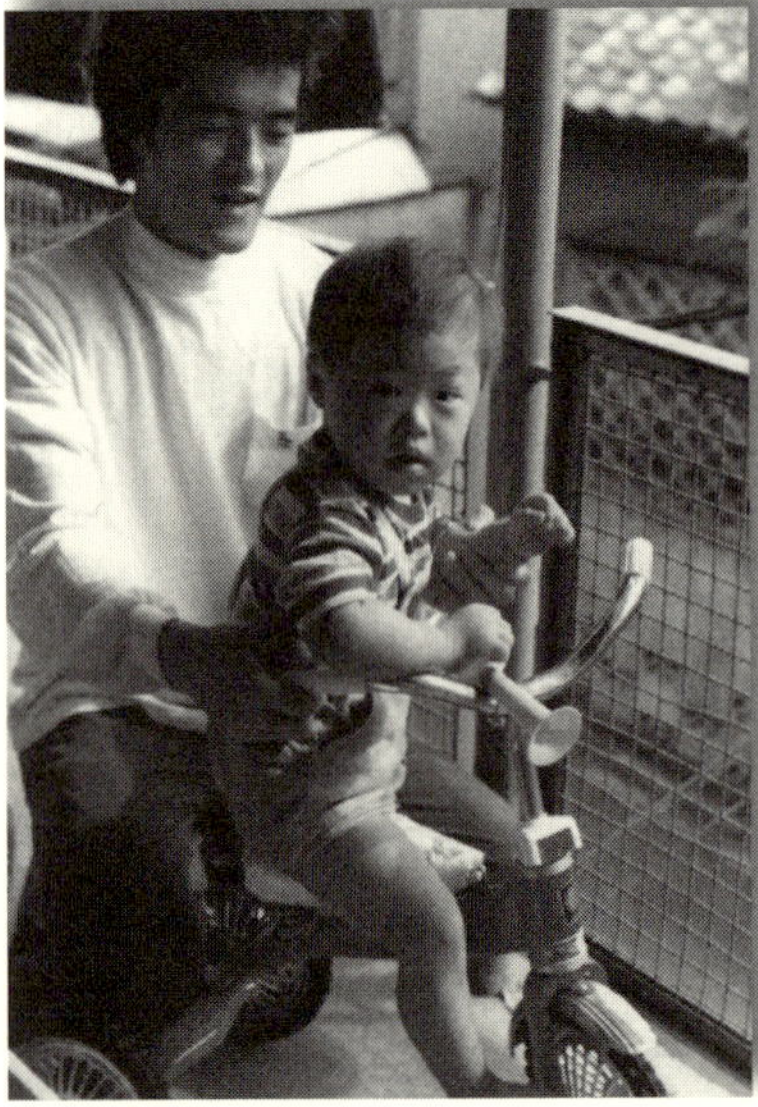

明代《あきひろ》おじちゃんと

第２章

小学校時代

クラスメート

代々木小学校に入学した時のことです。

初めて声をかけてくれた、クラスメートの人がいました。その人の名前はＫ・Ｈさんといいます。

いつも僕のことを親切にしてくれて気にかけてくれました。

そして「正ちゃん、〇〇の授業の用意しようね」とか「正ちゃん、こっちおいで」とか「正ちゃん、一緒に行こう」と言って、一緒に行動しました。そのやり取りを見ていたクラスの皆が僕のことを気にかけてくれて声をかけてくれて親切にしてくれました。クラスメートの皆は、僕が何をしていいかわからない時、いつも気にかけてくれて手助けをしてくれました。

番長との出会い

小学校時代に、僕は目標の人と出会いました。Ｉ・Ｔ君です。彼は勉強もスポーツもできる人です。クラスの番長でクラスをまとめていました。

その頃から僕に親切にしてくれました。I・T君のことで一ついやなことがありました。毎朝学校に着くと「正ちゃん、おはよう」と言って僕の背中をかるくビンタするのです。うれしかったけどその頃は体力がなかったので「イテテテ」となります。

毎回やられるので、ある日の帰宅後、母に相談しました。「先生に言うより手紙を書いて渡したら」とアドバイスをしてくれました。よく考えて自分の気持を一生懸命書きました。

「僕はI・T君のことを目標の人だと思っています。走れメロスの主役をやったI・T君。いつも仲良くしてくれて本当にうれしいです。僕が困っていた時に手伝ってくれてありがとう。だけど背中をビンタするのはやめてほしい」と書いて渡しました。

「正ちゃん、ゴメンゴメン。今度から、おはようだけにするね」と僕に言ってくれて、そのあと昼休みに、クラスの皆と遊んだことを今でもよく思い出します。

クラスメート同士のトラブルも親に相談して、和解できるかを話し合っていくのも大事なことだと僕は思います。

いじめ

小学校時代を振り返ってみると、理解してもらえなくて陰険でいやなことをされたこともありました。困ったことがたくさんありました。

とくに、一年生と二年生の時の受け持ちの先生は、「南君のことはほっときなさい」と指示するような最低で最悪の先生でした。

先生に階段から落とされそうになったこともありました。僕は階段を下りるのが早く下りられませんでした。先生は手を持ってくれたけど、ぐんぐん引っぱりました。でも僕の足は早くは動きません。だから階段から落ちると思っておそろしかったです。

いつも両手でつかまって一人で下りられます。その頃の僕の足は細くて力もなくて早く下りるのは無理です。人のたのまないのに自分のかってにお世話をするのはやめてほしいです。きけんです。

「小さな親切大きなお世話」

親切にしてもらうのはうれしいです。だけどよけいなお世話はものすごくこまるのでやめてください。お願いいたします。

三年生と四年生の時の受け持ちの先生からは、授業中に歩き出さないように段ボールの中に入れられて黒板の前に置かれました。まるで犬のように見せ物状態でした。

そんないやな思いをさせるのは教師として良くないと思います。

友達なのに意地悪をする子が時々いたのですごくいやでした。絵の具の筆を洗った水を「これ飲んだら遊んであげるよ」と言われて飲まされました。ひと口飲みました。家に帰った時に母に話しました。「いやだ！とはっきり言いなさい」としかられました。

あと背中をとびげりする子がいたのですごくきょうふでした。授業中にいつも僕の背中をエンピツでつっつく女子がいてすごく痛かったです。

「バカ」とか「アホウ」とか言う人が時々いました。そんな言葉を言われたら誰だって悲しい気分になります。だけどグッとガマンしてたえました。

友達がいやがることをしたり悲しい気持になる言葉を言うのは良くないと思います。

いっぱいいやなことやつらいこと悲しいことはあったけれど友達はいつも親切でした。うれしかったことや楽しかったことはすごくいっぱいありました。僕は、友達の良いところを見ならいたいです。

次はどこの教室に行くのかわからない時は「正ちゃん一緒に行こう」と言って一緒に行ってくれる友達もいました。

四年生の時のある昼休みのことです。とてもうれしいことがありました。女子のA・E

さんがなわとびを教えてくれたのです。とべるようになるまで何度も何度も教えてくれました。本当にとべるようになったのです！　僕はあきらめていたのに、Ａ・Ｅさんに教えてもらってとべたのでうれしかったです。家に帰ってから毎日なわとびをしました。三十回とべるようになって次は六十回もとべるようになりました。中学生になって空手道場柳心館に通っていた頃は、七十回できたので道場で準備運動になわとびも入れました。できなかったなわとびをとべるようになりました。Ａ・Ｅさんはすごいです。今でも感謝しています。

五年生になってから卒業までの受持ちの先生は、僕のことを理解してくれたので、いじめる子もいませんでした。

海に行った時にクラスの皆と泳いだりしてすごく楽しかった。僕は運動はあまりできなかったけど泳ぐのが大好きでした。

父と母は泳ぐのが大好きなので僕が二歳の時から海、川、プールへ家族でいつも行きました。うきわで泳いだりうきわなしで泳いだり、海と川とプールでもぐったりして泳ぎました。いとこは磨里《まり》ちゃんと真弓《まゆみ》ちゃんと豊士《とよじ》君と美奈《みな》ちゃんです。あと親戚の静《しずか》ちゃんと武《たけし》君も一緒です。夏はいつも伊豆の祖父の家に行って遊びました。海に行ったりプールに行ったり川で泳ぎました。川は水が冷たくて流されるので深いところは危険です。流れるプールはうきわに入って流れると良い気持ちで楽しかったです。やっぱり海が一番好きです！　太陽がガンガン背の皮に当たってそのうちまっ黒に日焼けします。皮がぼろぼろむけてきます。日焼けして皆でふかせに行ってカキ氷を食べるととてもおいしいです。ふかせのカキ氷はいちごクリームがいつもおいしいです。皆で自分の好きな氷を注文します。それぞれの注文したカキ氷がそろったら、いっせいに食べ始めます。

始めの一口は冷たい！

甘い、うまい、うれしいな！

とけないうちに急いで食べます。おしゃべりしているひまはないです。

いとこたちと　無言で食べる　カキ氷

僕は泳ぐのは好きなので学校のプールの時間クラスの皆と泳いで楽しかったです。クラスの皆と海で泳いだことも楽しい思い出になっています。足のうらの砂が熱かった。

運動会や遠足、そして修学旅行の行事の時は、クラスの仲間が「正ちゃんできるか、行くぞ。荷物はここに置きな。○○に行くから用意しな。じゃあ行こうか」と言って一緒に行動してくれました。

いつもクラスメートが、僕が困っている時そばに来て話しかけてくれて助けてくれました。

お昼は、一緒に給食を食べて楽しい時間を過ごしました。僕は好ききらいはないし食べる時は行儀良いです。小さい頃から行儀良く食事をすることを母がきびしくしてくれたので良かったです。給食当番の時は必死でやりました。

楽しくて　おいしい給食　友達と
おそわった　なわとびとべた　Eさんに

I・T君とクラスの皆が来て一緒に楽しく遊んだ時もありました。

多くのクラスメートが仲間として普通に接してくれたことに感謝しています。

そのいっぽうで僕はこう考えました。

知的障害や身体障害がある子がクラスに入ってきて、できないことがあったらどうしたらいいのか？　得意な子が教えてあげたり、ノートを写させてあげればいい。それで普通の教室で皆と一緒に教育が受けられればいいと僕は思います。

さいわい僕は上級生になってからはクラスメート全員と先生に理解してもらって良かっ

たです。あと、音楽の大戸先生のおかげで歌も楽器も好きになりました。

I・T君、A・Eさん、K・Hさん、クラスの皆、先生達にありがとうと言いたい。

日記

代々木小学校に入学をして少したった時、初めての宿題が出ました。僕にはできそうもないと思いました。問題を解くことも、文字を書くこともできませんでした。

母が「絵日記を書いてみたら？　文字は書けるようにみてあげるから」と言ってくれたので、始めることにしました。それから、「短い日記」だと思えばいいと勧めてくれたので、ときには詩を書いたりしました。自分でも良い詩を書いたと思って提出していました。自分の正直な気持を文章にして書いてみるということを母から教わりました。

本読みも毎日しました。国語の教科書をゆっくりはっきり大きな声で読みました。毎日帰って来ておやつを食べて学校での話をして、歯みがきをしてから本読みをします。読めない漢字は母に教えてもらってから、もういちどはじめから読みます。

本読み中に近所の友達が遊びに来たら本読みを中止して皆でみどり公園にブランコに乗りに行ったり、代々木駅のまわりを歩いたりして帰って来て、皆でゴロゴロしながら絵本を見たり、カセットとレコードで歌を聴いたりして、夕方になったらお別れします。

中学に入学をしてからは大学ノートに日記を書くことにしました。その方が中学生っぽいと思ったからです。

日記帳を毎朝職員室に持って行き、担任の先生に見てもらいました。先生は感想を書いてくれました。担任の先生がいない時には、校長先生や教頭先生に見てもらいサインをもらっていました。

古い日記を見ていると、なつかしくてとても楽しいので、今もときどき日記を書きます。

田村先生、出井先生、河野先生、大戸先生、清水校長先生、蛯名教頭先生にありがとうと言いたいです。

リコーダー

音楽の授業でリコーダーを習いました。大戸先生が説明してくれました。

最初のうちはリコーダーの音の出し方と穴の押さえ方や力かげんのことを教わりました。低いドから高いドまでを皆でやりました。

次に簡単な課題曲を吹きました。

僕は当時のリコーダーを今でも大事に持っていて、時々吹いたりしています。カセットでまず吹いてみたい曲をかけて、その音に合わせてリコーダーを吹きます。それをカセットやアイフォンのボイスメモに録音して聴いてみて、音程のズレを直してはまた録音してという方法で、何度も聴き直しをして吹けるようになりました。

今のレパートリーは「もみじ」「勇気一つを友にして」「きらきら星」「エーデルワイス」「ハッピーバースデートゥーユー」です。

そして今練習中の曲もいくつかあります。「千の風になって」「切手のないおくりもの」「花は咲く」「若者たち」「森へ行きましょう」「サザエさん」「ドラえもん」「大きな古時計」「ありがとう さようなら」（これは小学校の音楽の時間に聴いた歌で、中井貴一さんが歌っていました。五年ほど前、テレビのコマーシャルでも聴きました。替え歌にして、携帯電話をスマホに買い替えて、というようなコマーシャルでした）「BELIEVE」（杉本竜一作詞作曲）「笑っていいとも」「タケチャンマン」などの曲です。全部吹けるようになりたいです。

僕がリコーダーを吹いている時に妹が「お兄ちゃん音がおかしいよ」と言ってまちがったところを教えてくれました。ドレミを言ってくれたのでリコーダーノートに書いて練習をして吹けるようになれてよかったです。

でも、高いドから上にあがる音の出し方がわからなかったので、終わりまで吹けない曲があってすごく残念でした。

ところが、二〇〇四年三月二十一日、世界ダウン症の日のイベントの懇親会でのことです。

「荒川知子《あらかわともこ》とファミリーアンサンブル」の生演奏を聴いた感想を述べて、その流れで知子さんのお父さんに聞いてみました。そうしたら、「左手の親指を少しずらして吹いてごらん」と教えてくれたので、やってみました。

そのおかげで吹ける曲が増えてすっごくうれしいです。

荒川健秀先生、教えてくれてありがとう。

告知

小学校五年生の時のことです。

母が「大事な話があるからこっちに来なさい」と僕を呼びました。母はゆっくりとした口調で「正一郎、あなたにはダウン症という知的障害があることを覚えておきなさい。覚え込むまでは遅いかもしれないけど、必ずできるようになるから安心していいよ。少しずつだけど成長していきます。できることは続けてやりなさい。そして今どうしてもできないことはやらなくてもいいけど、時期が来てできそうになったらやってみなさい」と言ってくれました。

その言葉が何よりの励みです。

勇気をくれたタレント①　志村けん

小学校に通い始めた頃のことです。その日も先生に理解してもらえなくてこわい思いをさせられて下校をし、涙をこらえて自分の部屋に走り込むように入り、ギターをかき鳴らして心で泣いていました。もちろん母は知っていましたが、気づかないふりをしてくれました。

おやつを食べ、休日明けの時間割の準備を済ませ、少しゆっくりしました。

この頃の僕は、あまり笑えない日もよくありました。

夜の七時になり、家族だけの夕食がはじまりました。あと五分で八時になるという時、妹がテレビをつけてＴＢＳにチャンネルを合わせました。

その時に奇跡が起きたのです。

それまでくすりとも笑わなかった僕が、腹を抱えて大笑いしていました。それを見た妹が母に、「お兄ちゃんが笑った！」と言いました。

それから、ザ・ドリフターズの公開生放送コント番組「八時だョ！全員集合」を妹と一緒に見るようになり、僕は志村けんさんの大ファンになりました。八歳の時から今の歳になっても、志村けんさんの番組は全部見ています。

志村けんさんをテレビを通して見る前は、生きる希望を失い、毎日が地獄の底にいるようでした。でも「全員集合」を見て大笑いすると、気分スッキリで心に元気がもどってきたのです。心の中が明るくなった気持ちです。そして、色々なことをできるようになりたい、もっと色々なことを覚えたいと思うようになり、ＭＬＳ（英会話教室）や公文教室、空手を習うようになりました。勉強やスポーツをやる気がでてきました。

いつかもし志村けんさんに会える日がきたらこのことを伝えたいです。

「おかげで笑顔を取り戻しました。生きる希望を持てるようになりました。けんさん、ありがとう」

第3章

中学校時代

中学校入学

小学校の皆と一緒に外苑《がいえん》中学校（東京都渋谷区）に入学しました。

入学後すぐ知らない生徒に廊下でなぐられそうになった時、小学校からのクラスの仲間が「正ちゃん」と呼んでくれたので、それからはいじめられなくなりました。

それからはクラスメートの皆が親切にしてくれました。

男子にも女子にも「正ちゃん」と呼んでもらいました。先生達も「正ちゃん」と呼んでくれるようになりました。

一年生の時の受持ちの田村一夫先生がホームルームの時間にいい話をしてくれました。

それは「大人になったら仕事につく」という話でした。

小学校の頃から、授業をまじめに聞いていると、ときどきよくわかることがありました。

その時はすごくうれしかったです。

登校してすぐテストをしました。クラスメートが「正ちゃんここを写しな、早く」と言ってくれたので少し写しました。クラスの皆が少しでも良い点数がとれるようにしてくれて僕はうれしかったです。学期末試験の時は難しかったけど、わかる問題もたまにありました。

授業別に色々先生が来るのでワクワクして待っていました。移動授業になると「正ちゃん、一緒に行こう」と言ってくれました。

英語の先生や数学の先生、そして社会の先生に音楽の先生に美術の先生そして体育の先生もいました。体育の時には体操着を持って体育館に行きました。更衣室でワイワイしながら体操着に着がえました。

英語の授業の時に教育実習生が来たこともありました。

その時僕は英会話で「ヘロー」とか「ナイストゥーミートゥー」などとあいさつしました。クラスメート達が「正ちゃんスゲー」と言いました。その先生はアメリカ人でした。

英語の森先生が僕に「正ちゃんすごいなびっくりしたよ」と言ってくれました。

代々木小学校時代から英会話教室ＭＬＳに通っていたので、ほんの少ししゃべれてよかったと思います。

僕は美化委員になりました。

校門の前をほうきでそうじをしていました。桜の花びらが吹いてきたことや落ち葉が吹いてきたこともありました。登校してきた生徒達と「おはよう」のあいさつを交わしました。

ある日、代々木公園のそうじをしに行きました。僕は女子達と一緒でした。公園のあちこちをそうじしていると、途中で変な人に声をかけられそうになったので、その人に聞こえないように女子達に「早く行こう」と言って、無視して皆で避難しました。

マラソン大会

中学校のマラソン大会の本番当日、同級生の内田晴寿君が一緒に行ってくれました。一緒に電車に乗って会場まで行きました。小田急線を下りて、玉川のどてに集合です。

スタートはすごく快調でした。

でも、途中はだいぶ遅れを取ってしまいました。息はハアハアするし、心臓はドキドキする。喉はカラカラ。必死に走っているけど、制限時間がせまります。

田村先生が、ゴールの近くまで自転車にのせてくれたことを思い出します。

「正ちゃん、あと少しでゴールだから、ここからは一人で行きなさい」と言ってくれたのでゴールまで一人で走って行きました。

自転車のことは皆知っていて見ないふりをしてくれました。ゴールに着いたらクラスメートの皆が「正ちゃん、お帰り」と言ってくれました。

先生達も「正ちゃん、最後までよくがんばったね、よかったよ」と言ってくれました。

遅れをとってしまったけど楽しい一日でした。マラソン大会が無事に終わって、帰る時も内田晴ちゃんと一緒に電車に乗って帰ってきました。

スキー旅行①

外苑中の時、スキー旅行があると家で話をしたら、その前に行ってみようと母が提案してくれて行くことになりました。妹も一緒に三人で行きました。何泊かしました。

初めてのスキーだったけど、天気も良くてすごく楽しかったです。

スキー板のまま雪の上にごろんとすると雪が冷めたくて気持ちよかった。空は青かった。あとは全部白かった。

スキーを楽しんで雪遊びをして温泉に入りました。空いっぱいの星がきれいでした。

外苑中のスキー旅行では、僕は担任の田村一夫先生と一緒にスキーをすべりました。まわりにはクラスメートがいました。皆にこにこしていました。

クラスの仲間と温泉につかり、楽しく夕食会を過ごしました。今でもその当時のことをよく思い出します。外苑中の僕の学年の先生達は僕の欠点をよく理解してくださいました。おかげで楽しい中学校生活を送ることができました。

マドンナ

S・Aさんは僕のマドンナです。

小学校では三年生の時と六年生の時に一緒のクラスでした。S・Aさんはいつも優しいです。S・Aさんは、僕のことを気にかけてくれて親切にしてくれました。

外苑中学校の三年生の時、また同じクラスになることができました。うれしかったです。もっともっとしっかりしようと思いました。

ある時移動授業で、S・Aさんが美術の先生に往復ビンタをされて涙を流して泣いてしまいました。その先生はその子だけでなく、やたら暴力をふるう本当に良くない先生でした。

「やめてください」と叫びたかったけど、その時の僕は勇気がなくて助けに行けなかった。今でも残念に思っています。

卒業式の後、S・Aさんが僕のそばに来て「正ちゃん、一緒に教室に戻ろう」と言ってくれて、手をつないでくれて教室に戻りました。寄せ書きに「正ちゃん、がんばってね、応援してる」と書いてくれました。

当時の日記より

能楽鑑賞

その一　三月八日　水曜日晴れ
能楽鑑賞教室に行きました。

狂言《きょうげん》「附子《ぶす》」を見ました。附子というのは毒ではなくて本当は砂糖でした。甘そうにやっていました。

アニメの一休さんと同じでした。

そして能楽「土蜘蛛《つちぐも》」を見ました。

なぞの坊さんが登場してきました。

それはとてもきれいな能楽場でした。

演技が上手でした。

球技大会

その二　三月九日　木曜日晴れ
今日は球技大会でした。
バレーボール大会をやりました。
僕の打った球が入った。ヤッター！
その後は先生チームと一緒にやりました。
担任の河野先生達とやりました。
すごく楽しかったです。
僕のクラスのA組が一位で優勝しました。
その日は良い一日でした。

ディズニーランド

その三　三月十五日、水曜日晴れ
今日はディズニーランドに行きました。
他の先生達が相談している時、河野先生が呼んでくれて、一緒にコーヒーを飲みました。
「白雪姫と七人の小人」のアトラクションに行き、その後はジャングルクルーズに乗りました。それからカリブの海賊にも乗りました。

ピノキオの冒険に行ったことや、ホーンテッドマンションに行ったり、イッツ・ア・スモールワールドに行った後クラスの皆とウエスタンリバー鉄道に乗ったりしたことが楽しかったです。

寄せ書き

一九八九年（平成元年）、普通学級の中学を卒業しました。
卒業アルバムから、担任の先生やクラスメートからのメッセージをいくつか紹介します。まず最初はこの人からです。
担任の河野勇雄先生
「正ちゃん、これからも自分のできるかぎりを見せてください」
クラスメートからのメッセージ
「かっこいい正ちゃん、高校に行ってももてるだろうな、うらやましいぞ」K・T君
「高校に行ってもがんばれ」N・M君

「正ちゃん、がんばれ」Ｔ・Ｍ君
「正ちゃん、いつまでも」Ｓ・Ｈ君
「正ちゃん、愛してる」Ｓ・Ｙ君
「ウンジャラゲみたいなジャッキーと仲良く」Ｋ・Ｙ君（これはその当時に志村けんさんの番組でやっていたことと僕の愛犬のことを書いてくれたのです）
「Good luck in high school, please don't change for anyone take care.」Ｙ・Ｓさん
「がんばって」Ｋ・Ｙさん
「これからも、いろんな事をしようね」Ｋ・Ｋさん
「正ちゃん、大好き」Ｙ・Ｋさん
「これからも元気でがんばれ」Ｋ・Ｃさん
「友達を大切にしてがんばれ！」Ｙ・Ｍさん
「がんばって楽しい人生送るのよ」Ｎ・Ａさん
「がんばれ」Ｋ・Ｍさん
「これからも明るく元気で楽しい人生を送ってね」Ｉ・Ｋさん
「大好きな正ちゃん、がんばってね、応援してるからね、同窓会で会いたいな」Ｓ・Ａさん

この僕、南正一郎にエールを送ってくれた先生とクラスメートの皆さんです。今でも、その卒業アルバムを大切に持っています。

「いのちの理由」（さだまさし作詞作曲）という歌にある「友達皆に出会うため」という歌詞の意味が身にしみました。

友達皆にありがとうと言いたい。

第4章

習い事

絵画教室

絵を書くのが好きです。

幼少の頃、よく道ばたでチョークで絵を書いて遊んでいました。

ある時、家の近所のデザイン絵画教室に母につれていってもらい見学をしました。

母がそこの先生に話してくれたので通えることになりました。

はじめに先生と少しおしゃべりをしてからテーマを決めます。楽しかったこととか好きな食べ物とか映画とかを書いたりします。心で考えながら書いています。先生が「正ちゃんは赤が好きなんだよね。正ちゃんは赤といえば何を思い出す？」と聞いたので、僕は大好きな果物の話をしました。「僕はスイカとリンゴと苺が好きです」と言いました。先生は「正ちゃん、好きな絵を書いてごらん」と言いました。僕はおやつを食べている場面を書きました。妹と、となりの好子姉ちゃんとまあちゃんと一緒に苺を食べて遊んでいるところを書きました。あと、うきわとビーチボールを書いてプールを書きました。

次に先生が「今度は赤をしまって、赤色を使わないで他の色を色々使って書いてごらん」と言ったので、言われた通りに書くことにしました。時々クレヨンをとりかえてぬりました。

今は季節によって色々な絵を書いています。春は桜の花やこいのぼり、夏にはスイカや花火、カキ氷があると夏が来たんだなと思います。そして忘れてはいけないのはビールですよね。秋になると夜通し鳴き続ける虫達、そして満月を眺めながら薄《すすき》にだんご、そして秋刀魚《さんま》、焼き芋。おいしい物でいっぱい。冬には雪の降る景色、くつ下に願いを込めたクリスマスなどを想像して、絵を書いたり俳句《はいく》を作ったりしています。妹の誕生日や父や母の誕生日、記念日には僕の絵のカードをあげます。

見た物をただ写生するのではなく、夢のあるものをこれからも書き続けていこうと思います。

僕の好きな色は「虹色」「ピンク」「黄色」、クリスマスカラーの「緑」と「赤」も大好きです。「ブルー」は空と海の色。どの色も大好きです。

公文教室

僕は中学生の頃まであまり勉強をしたこともなく、落ち着きもありませんでした。

母に教えてもらって読み書きは少しできるようになりました。計算ドリルはあまり理解できませんでした。僕は頭が良くなりたいと思い、次は計算を覚えたいと思いました。

家の近所に公文教室があったので、母と一緒に見学に行き、そこの先生に母が話してくれて通うことになりました。

はじめに点と点をつないで丸を書く練習をしました。線と丸の上をなぞるのはよくできませんでしたが、できるまで何度も教えてもらいました。

その先生は安倍紘子先生といいます。

そこは幼稚園児と小学生がいっぱい来ていました。

中学生は僕一人でした。

安倍先生は他の子を教えながら僕のことを気にかけてくれて、全問できるまで何度も教えてくれました。

安倍先生の公文教室に五年間お世話になりました。今でも、安倍紘子先生に年賀状を送っています。

二〇一三年三月二十一日の「世界ダウン症の日」の記念イベントで日本ダウン症協会（JDS）がファッションショーをしました。

その本番をするために歩き方の練習を何度もしました。パリコレファッションモデルさんの高木真理子先生が教えてくれました。

その日、安倍紘子先生が見に来てくれたので僕は感激しました。

ポーズのところは空手の構えをしました。

安倍紘子先生が「南君すてきでしたよ」と言ってくれました。

何度も練習して本番の日には楽しくそしてかっこ良く決まったのでまんぞくまんぞく！

安倍紘子先生と母と三人でスイーツを食べて紅茶を飲んで楽しいおしゃべりをしました。

中学時代、安倍先生の公文教室に通い勉強した時はうれしい気持で勉強しました。

安倍先生にありがとうを言いたいです。

英会話教室

八歳の時に僕と妹は母につれられて、モデル・ランゲージ・スタジオ（ＭＬＳ）に見学に行きました。無料で体験ができるというので行ったのです。そこは、英語といっても英語塾じゃなくて、遊びながら覚える。見てたらワイワイやってて楽しそうだったので、ちょっとやってみようかなと思いました。「こういう子ですけどいいですか？」「いいですよ！」ということで、通うようになりました。英語で歌を歌ったり、ゲームをしたり。

自己紹介の時、「おうちでどういうことしてるのかな？」という話になりました。

「好きなテレビは何を見るのかな？」

「ドリフの八時だョ！　全員集合を見ています」と言いました。

「その中で誰が好きなのかな？」

「志村けんが大好きです」

「志村けんのどういうとこが好き？」

「面白いところです」

「どういう内容が好き？」

「コント」

「どういうコント？」

「かあちゃんコント」

「志村けんは、コントの役名はなんていうの？」

「ケンボウです」

先生が「少しでいいから、志村けんさんのしゃべり方と動きと仕草を先生に見せて」と言ったので、少しやりました。

ＭＬＳがいつもすごーく楽しみでした。

英語劇

兄妹で初めて劇をすることになりました。太田雅一先生が指導をしてくれました。「台本ができた」と言われて手にしてみると、セリフが全部英語でできていました。先生が僕に「ショーイチロー主演舞台だからね」と言ってくれました。大まかな物語は、くそまじめな姫を「何とか笑わせてほしい」と王様にたのまれて笑わせるところからはじまるのであります。劇のタイトルは「レイジージャック（Lazy Jack）」です。「ＭＬＳ」の代表の太田雅一社長と出会い「レイジージャック」の劇を教わりました。

台本の本読みから入り、次に演技をつけてやってみました。セリフが全部英語でできているので、覚え込むまでに相当の時間がかかりました。先生を相手に練習しました。舞台ですから、小さい声で言ってもわからない。その当時はピンマイクもなかったので、普通の声ではいけない。大きな声を出すのが一番苦労しました。セリフが英語で難しかったけれど、楽しくできて良い経験をしました。マサが特訓をつけてくれました。太田雅一先生は「マサと呼んでいいんだよ」と言ってくれました。マサが相手役をやってくれて、僕ができるように指導してくれました。

マサは僕に、「今度は動作を付けてみようね。ショーイチロー、このドラマの見せ場では笑いを入れてみたら」と言ってくれました。「ここではこうやってごらん、ここではフラフラしてごらん」とアドバイスをしてくれました。「しゃべり方と動きと仕草を志村けんさんのやり方でやってみて」と言われ、志村けんさんのコントキャラ「デシ男」でやりました。主役なので最初から最後まで出っぱなしです。リハの段階でマサから、爆笑を取るために「本番では重たい物を持ち上げたふりでヨロヨロしてみて」と注文がありました。

僕は言われたとおりに一生懸命やりました。本番の日になって大勢の人が見てくれて大爆笑でした。出番ぎりぎりまでセリフを練習して、やりきることができました。

その影響でお笑いが大好きになりました。テレビや舞台でお笑いを見るのが大好きです。でも、ときどきはきちんとしたまじめな番組も見ます。

レッスンで僕がMLSに行くと、「ショーちゃん、今からタカとレッスン？　がんばってね」と励ましてくれてありがとう、マサ先生。

サマーキャンプ

MLSでサマーキャンプに行きました。バス二台で行ったことを思い出します。軽井沢に行きました。

よく晴れて、バスから見える景色がとてもきれいでした。

バスの中でゲームをしたり、おしゃべりをしたりしたことが一番楽しかったです。

僕も皆もウキウキしていました。

バスの中で歌を何曲か歌いました。

そしてホテルに着くまでひと眠りしました。

ホテルに着いて温泉に入りました。

そこで高田良太郎先生と初めて会いました。男子と高田先生と一緒に温泉につかりました。

次は楽しい夕食会をしました。

帰りの日は買物タイムがありました。英会話を使って買物をしました。

「How much is this?」とか言って、海外に行った時のための練習をしました。

高田良太郎先生との出会い

中学生になってからのＭＬＳでは、もう前のようにしていられなくなり、十一人クラスで十人のクラスメートは本気になって英会話の勉強をしています。僕は勉強についていけなくて母に「やめたい」と言ったら、「なぜやめたいの？」と聞かれました。

母がＭＬＳに一緒に行ってくれて相談してくれました。すると先生は「教えたい」と言ってくれました。その先生こそ高田良太郎先生でした。タカは「一対一でよければ正一郎君を教えてみたいです」と言ってくれたのです。

母は、「勉強だけじゃなくて、男同士、お兄さんのような、先輩のようなつきあいをしていただけますか。お願いします」と話をしてくれました。タカは「わかりました」と言ってくれました。それから高田先生のことはタカと呼んでいます。

タカは、僕の覚えが遅いことやスペルが読めないこともよくわかってくれて、読めるようにかなをふってくれます。

英会話の勉強も教えてくれますが、ときどき息抜きもさせてくれます。

成人後は、映画を観に行ったり、近所の居酒屋に行ってビールを飲んだりして、僕の悩みを聞き、相談にも乗ってくれます。「これ以上飲んだら危ないよ」と止めてくれるので、安心して飲めます。

タカは僕の良き理解者であり、兄のような存在です。

ＭＬＳ英語劇「Big Production」のこと

二〇〇五年、タカが僕に、「正ちゃん、今度千葉のほうで『西遊記』の英語劇をやるんだけど、公演スタッフをやってみるかい？」と言ったので、すぐに「やりたい」とこたえました。

「その一日前に正ちゃんの地元に一度行ってみたいんだけどいいかな」と言ったので来てもらうことにしました。夕方ごろ駅に迎えに行って、最初に薬湯温泉に案内して、サウナに入ってひと汗かいてから、中華レストランの「白鳥」に行って生ビールでカンパイしました。白鳥の奥さんが「正ちゃんいらっしゃい」と言ってくれたので、「俺の英会話の先生」と言ってタカを紹介しました。サービス料理を色々出してくれました。そのあと「まさふじ」に行きました。まさふじは新聞販売店で働いていた時、夜中の仕事終わりによく寄ってちょっと飲んだりしたお店です。そこで生ビールの大と酒を飲み、明日の仕事の打ち合わせをしたりしました。焼き鳥と鳥のからあげとコロッケと刺身の盛り合わせを食べてゆっくりしました。

夜は第一ホテルに一泊しました。

朝、起きてから少しゆっくりして朝食をとり、会場に行き舞台のセットはこびの手伝いをしてプログラムのセットを作りました。タカが僕に「正ちゃん、開場して観客が来たらこう言って渡すんだよ」と教えてくれました。

「正ちゃん、一度練習をしようね」と言って、タカが客をやってくれて、プログラムセットを手渡しする練習をさせてくれました。順番でお昼を食べに行きました。会場のレストランでお昼を食べ、コーヒーを飲みました。少しゆっくりしながらリハーサルを見ました。

出演者達が休憩に入り少ししてから、タカが「正ちゃん、そろそろ声かけして」と言ったので、僕は出演者達の楽屋をまわり「スタンバイお願いしまーす」と言いました。

全員が舞台袖で「エイエイオー」と言いました。

そしてゴダイゴの「モンキーマジック」の歌で幕が上がって、劇が始まりました。僕は、会場の関係者の席から見ることにしました。

エンディングでは、もちろんゴダイゴの「ガンダーラ」の歌で幕をおろし、出演者達は握手会などをしました。

スタッフ達と全員で会場の片付けと舞台のセットの片付けをしてから皆で打ち上げをしました。お菓子やジュースそしてサンドイッチや鳥のからあげなどの差し入れが用意してありました。もちろん缶ビールやお酒の差し入れもありました。

僕とタカは缶ビールとお酒の差し入れを飲みました。

僕は、とても良い経験ができてよかったです。

その日は天気も良くてとても良い一日でした。

そして、何年か過ぎた時のレッスンの日にタカが僕に、「前に話した定年がそろそろだよ。誕生日の三月が来たらお別れだな。今までよく続けてこられたね、正ちゃんすごいよ。その前に、色々な思い出話やつのる話をしよう。どこか温泉にでも入りながら思い出話をしよう。ところで、正ちゃんいいところを知ってる？」と言ったので、僕は毎年夏に墓参りに行って泊まっているホテルのことを思い出して言いました。

伊豆の大仁温泉に行くことにしました。一緒に行けてすごくうれしかった。

そして何ヶ月かレッスンをして、二人だけでささやかなお別れ会をしました。その時に僕はタカにこう言いました。

「Let's keep in touch.」

タカは僕に「Of course.」と言ってくれました。

高田先生に出会って良かったです。思い出がいっぱいあります。タカ、ありがとう。

テレビを通して教えてくれたエイミー先生

白血病で入院していて、やっと退院して少しずつ静養していました。

その時にいつもEテレの「おとなの基礎英語」をよく見ていました。番組レギュラーの一人である太田エイミーさんがよくわかる教え方をしていました。生徒役の人には「こう言ってみてください。そのまま続けてもう一度言ってみましょう」と言って引っかかったところを教えていました。エイミーさんはやさしい顔で話します。きちんとはっきり指導をしていました。教え方が良くてエイミーさんはすごいなと思いました。月から木まで毎週やっていました。僕は「おと基礎」を見ていてはやく体力をとりもどしてＭＬＳにまた通いたいと思いました。「おと基礎」のエイミーの言ってみようやってみようのコーナーの時には、まるで僕にレッスンをつけてくれたように見えました。テキストとＤＶＤと本を買って来て、少し勉強しました。覚えたい気持ちだけれどすぐには覚えるのが無理なところがだいぶあります。わかる言葉があった時はすごくうれしい気持ちになります。いつもいつも練習を続けていると自然に覚えていきます。

体力がもどって来たのでもう一度ＭＬＳに通えるようになってすごくうれしいです。「おと基礎」でわからなかった難しい会話は、レッスンの時にタカに質問すると、タカは僕にわかるように説明して教えてくれました。

そして、なんと太田エイミーさんはＭＬＳ英会話教室の代表太田雅一社長の娘さんでした。これをタカから聞いてビックリうれしくなりました。

太田エイミー先生、ありがとう。

増尾晋一先生のレッスンになって

ＭＬＳの英会話教室でこれまで受け持ってくれたタカが定年になってから僕を受け持ってくれた先生は増尾晋一先生です。

このままでは、いつまでたっても英会話は覚えられないと思った僕は上達するために成長しようと思いました。

僕は先生に教わりたいところを書いて行き、そして質問もたくさんしました。先生は、意味も教えてくれて読み方も教えてくれました。どうしても読めないところにはカナも書いてくれます。

親睦会の席でほんの少し飲酒をしながら、「以前の先生のようにしてもらいたいけどいいですか？」と聞いたら、「いいよ」と言ってくれました。先生は晋ちゃんと呼んでいいよと言ってくれました。

レッスンの間はなるべく英会話のみで話をするように心がけています。

晋ちゃんが僕に「正ちゃんは好きなタレントはいる？」と聞いたので、僕は「はるな愛さんです」と言うと、晋ちゃんが「正ちゃんもしさ、はるな愛さんに会えた時に英会話で話ができたらすごくない？」と提案してくれました。基本の英会話で会話をしているようにして、レッスンをしてくれました。

晋ちゃんがはるな愛さんの役をしてくれて英会話で会話をしたりノートに書いたりしています。

レッスンがない時には、こんなことをはるな愛さんに話してみたいという言葉を書いてから次のレッスンの時に行って教わっています。

晋ちゃんが「ここではこう言った方がいいよ」とか「この時はこう言った方がいいよ」と言って教えてくれます。レッスンの前のおしゃべりを英語にして教えてくれます。

晋ちゃんは僕の良き理解者です。英会話を教えてくれる晋ちゃんに今、ありがとうと言いたいです。

誕生日

二〇一七年一〇月、四十五歳の誕生日に英会話教室のＭＬＳに行ったら、ビッグサプライズで事務所の皆さんが口々に「正ちゃーんハッピーバースデー」と言ってくれて、「ハッピーバースデートゥユー」を歌ってくれてプレゼントをいただきました。

僕が八歳の時に舞台劇の指導をしてくれた雅一先生が僕に「正ちゃんそろそろ行こうか」と言って、僕と晋ちゃんをつれてカンボジア料理のレストランにつれていってくれて誕生日のお祝いをしてくれました。

三人でカンパイをして楽しい夜を過ごせたのでとても幸せな日でした。色々と楽しい話もたくさんしました。時おり英会話で話をしました。

空手道場

一九八六年（昭和六一年）、十四歳の時に剛柔流空手道柳心館に入門しました。

当時は身体が丈夫じゃなくて、筋力もないし、足腰も弱い。それで母が連れていってくれました。

最初のうちは、これから空手を身につけるための心得と礼儀、胴着の着方とたたみ方を教わりました。準備体操と立型と基本の突き、蹴り、受け技など、最初は全然ついていけないので、マンツーマンで稽古をつけくれました。腹筋も教わりました。最初はできなかったけど、少しずつ回数を増やしていきました。

白帯から黄帯、そして緑帯、茶帯までになることができました。茶帯になってから松山先生が指導に付いてくれました。茶帯の頃は子どもたちのクラスの少年部でやっていましたが、館長が、一般の方でやってみなさいと言ってくれました。少年部から一般の部に移りました。

僕は柳心館に入門できて本当に良かったです。

弱かった僕の体は丈夫になりました。僕の心は「礼儀」と「努力」を学びました。

館長は、僕が稽古中なかなか覚えられない時は、「正一郎、がんばってやってみなさい」と静かにはっきりと言ってくれます。帰りに「ありがとうございます」とあいさつをすると館長は「気をつけて帰りなさい」と言ってくれます。僕は館長を尊敬しています。

新垣館長、ありがとうございます。

ヘレンベルガザル先輩

少年部で稽古をしていた時にヘレン先輩と出会いました。

館長が僕に「ヘレン先輩に教えてもらってやってごらん」と言って、教わることになりました。立型から教わり、次には蹴り、受け技などを指導してくれました。

時々、英会話で立型の動きや突きと蹴り技などを教えてくれました。

「正一郎、ここはこうしたほうがいいよ。やってごらん」とか言ってくれて、少しずつできるようになってきました。

ヘレン先輩はイスラエルの人です。

僕のことを理解してくれて、僕がわかるようにできるように教えてくれました。

その時に初めて教えてくれた型は撃砕第一《げきさいだいいち》という型で、何度も何度も教えてくれました。

ヘレン先輩ありがとう。

先生になる

茶帯の頃は少年部で稽古をしていました。

館長が僕に「正一郎、今度は少年部に稽古を指導してごらん」と言ってくれました。けれども、最初のうちはどうやって指導していいかわからず、「俺にはできません」と言いました。

館長は僕に、「正一郎、よく聞きなさい。いいか？　正一郎、できるところまで稽古が進んでいるからできる。正一郎が教わった通りに教えてみたら」。そう言われるとそうかなと思いました。

僕は、今まで教わった通りに稽古をつけていきました。怪我をさせないように気をつけて教えました。

だけど、途中であきてしまう子ども達もいました。そこで僕は、空手のいろはを教えるために楽しい遊びのように教えてみました。

そうしてみると、それは楽しそうに夢中になって稽古についてきてくれました。

館長が僕に、「今度、この子が大会に出るから稽古をつけてあげなさい」と言ったので、基本から始めて、組手の練習をしたり、その子ができそうな型をやって見せてもらいました。大会の時にやる型を見せて「この型を最初にやったあと、最後にこの型をやってみるといいよ」と言いました。

最初は号令をかけてやってもらいました。次には大会のように名前を呼び、一人でやってもらいました。

組手の時に使ういくつかの突き、蹴り、受けの順番と動きを教えてみました。ひと通りできるようになったので館長や皆の前で一人でやってみせることにしました。型を二つやってから、僕が入って組手もしました。

僕はその子に、「がんばってこいよ」と言いました。

その子はその大会で優勝したそうです。

稽古の日にその子とお母さんが道場に来て、「先生に指導してもらえて優勝できました。ありがとうございました」と僕に言いました。

僕は「おめでとう、優勝よかったね！」と言いました。

よかったよかった。

少年部の後輩は皆がんばっているんだなと思いました。素直な心だなと思って感心しました。強い心を持っているなと思いました。

僕はもっともっとしっかりした心になりたい。初段の試験に受かり黒帯になったのはうれしかったけど、だんだん型の練習が難しくなってきて、なかなか新しい型を覚えられないようになりました。もう覚えられないのかな、もうダメだと思いました。

空手をやめたいと母に言ってみました。母は「難しくなったの？　やめたいの？」と言いました。そして「もう少し続けてみたら」と言いました。「もう少し続けてみて、やっぱりやめたかったらやめれば」と言いました。僕は練習に行くのを続けました。やっぱり空手は続けたいです。

僕の教えたことを一生懸命教わってくれた道場の後輩にありがとうと言いたいです。

松山孝師範代からの稽古になって

僕が初段の審査に合格して黒帯をしめれるようになった時、松山師範代が僕に「よくがんばったな」と言ってくれました。

制引鎮《セイユンチン》の型から教えてもらって、何度も練習をしてできるようになれた時はすごくうれしかったです。

その日は館長が用事があって来られない日でした。

松山師範代が「今日は館長が来られないので、基本を最初にやり、型をやります」と言いました。

皆と一緒に難しい型をやりました。

松山師範代は僕に「正一郎、見よう見まねでいいからこの型を皆と一緒にやってみろ。後でこまかいところはできるようにしてやるぞ」と言ってくれました。それでできるようになった型は四向鎮《シソウチン》という型です。

松山師範代は、僕の覚えが良くないこともできの悪いところもよく理解してくれて指導をつけてくれました。何度も指導しても、なかなか指導通りにできないということも理解してくれました。

道着姿の著者

「どうしたんだ正一郎、もう一度やってみろ」と言ってくれてその型を教わりました。松山師範代は、「絶対にあせるな、落ち着け。それといいか、決めるところは決めろ。正一郎ならできる、何年指導してると思ってるんだ。いつも俺がついているぞ、安心しろ。わかったな。これからもがんばれよ」と言って応援してくれました。

「今度、三十六手《サンセール》の型をやるから皆と一緒にやってみろ」と言ってくれたのでやりました。今までよりも難しい型を教わりました。

館長と師範代の前で先輩たちとやることになりました。先輩たちも気にかけてくれて、館長や師範代に聞こえないようにアドバイスをしてくれました。

僕だけに聞こえるように「今は右だぞ、今は左だぞ、足はこの立型だぞ、正一郎こっちを見ろ、同じように！」と言って教えてくれました。

ある日、稽古の時にこの型を一人でやってみることにしました。館長や師範代、そして先輩たちの前でやりました。

松山師範代が「よくここまでできるようになったな。正一郎、練習しておけよ」と言ってくれました。

よき先輩たち、そして松山師範代に、今ありがとうと言いたいです。

南さんインタビュー　習い事

　型も黒帯くらいになると難しくなってくるんです。覚えたと思ってもじゃあ次の型ってなるから、覚えるのがたいへん。ふだんの稽古では周りの真似をしているから。まず先輩に教えてもらって、あとは間に館長に聞こえないように「こうしろ、ああしろ」ってカンペみたいな感じでね。でも、じーっと見てるとばれるからチラ見で。「いま足はこうだぞ、手はこうだぞ」って。練習の時ですよ。

　初段をとったあと、次は二段だって言われた。みんなの前で「絶対に取りなさい。不合格にはしない、合格にするから受けろ」って言われて、負担がかかるからいやだったけど、流れで「はい」って言っちゃった。それからが大変。（この原稿をやりながら少しずつ練習を始めたんで。妹がアイフォンで動画をとってくれて、姿勢を自分で見てみなって言われて。猫背になってるって。それで修正しながらテイク2テイク3、テイク6くらいまでやったかな。それで審査でやる型を全部やったんです。道場では館長も俺が練習してきたのがわかったけど、みんなの前で俺だけひいきできないからわざときつく言ってくる。「正一郎！　もっとこうだろ！」とか、きつく言うんだけど、アイコンタクトではやさしい。絶対に落とさないと言ったけど。そのかわり必死にやれってことだから。最初はまじめにやってると「顔がこわい」と言われたり。顔は普通でいいんだよって。茶帯の頃はあまり練習しなかったんだけどね、黒帯をとった頃から自主トレをしっかりやるようになった。
空手は体力、英会話は頭を使う。英会話の後は帰る。頭を休ませるためにちょっと（一杯）引っかけたり……

勇気をくれたタレント② はるな愛

二〇〇九年、僕が三十七歳の時に、館長が僕に、「正一郎、そろそろ黒帯にするぞ。初段の審査を受けてみなさい」と言ってくれました。でも、僕は館長に「自信ないです。型の覚えも遅いので」と言いました。それでも館長は「いいからやってごらん」と言ってくれました。

審査を受けるきっかけになったのは、二〇一〇年の二十四時間テレビです。タレントのはるな愛さんがマラソンを走っていました。歯をくいしばり、痛い足をひきずり苦しそうにただひたすらゴールをめざし走り続けていました。苦しそうなはるな愛さんの走りを見た時僕は「この審査を受けよう」と思いました。

駄目元で審査を受けることにしました。審査当日、着替え中に携帯の待ち受けにした愛さんを見て、声にならない声で「審査を受けてくるよ。俺、がんばるから」と言いました。

次の週、合格者が呼ばれました。館長から名前を呼んでもらい、無事に合格しました。今こうして初段黒帯をしめることができるのも、はるな愛さんのおかげです。

二〇一六年九月七日に、はるな愛さんが演歌の曲を出しました。僕は一度聴いてみたいと思いました。

それでアイパッドやスマホからYou Tubeでその歌を聴いてみました。このCDが欲しいなと思っていたら、晋ちゃんが僕の誕生日に、そのはるな愛さんの「えぇねんで」という歌のCDをプレゼントしてくれました。

そのはるな愛さんの歌を聴いてみると、きっとこんな思いが込められていたんだとわかりました。

僕をはじめ数多くの障害者達にほんの少しの援助があればいいかもしれない！　あせらなくても急がなくてもいいし、知的障害や身体障害を持っている人達にほんの少しの援助をしてもらえたらという気持ちがこの「えぇねんで」と歌っているようでした。

そして僕は今思うことがあります。人にはそれぞれ応援歌があるといいと思います。

この「えぇねんで」の歌を聴いて思い出すこともたくさんあります。僕こと南正一郎はあまり物覚えも良くないこともわかっています。だけど僕は自分の欠点はよくわかります。少しでも健常者のように近づきたいと思っています。僕はこの「えぇねんで」という歌に救われました。

はるな愛さんが、そっと背中を押してくれているように歌っているようでした。ＮＨＫの紅白歌合戦や他の歌番組でこの「えぇねんで」の歌をもっと大勢の人達に聴いてほしいと僕は思います。

はるな愛さんにひと言、ありがとうと言いたいです。

南さんインタビュー　ものまね

いま、はるな愛のものまねを練習中。はるな愛はバラエティー番組「世界行ってみたら本当はこんなトコだった！」でアメリカのメジャーリーグで「君が代」を歌って。その「君が代」を真似してます。（録画の）歌の部分を一度流してみたら、うちの母ちゃんが「その声は寝起きによくない」って言うんだ。低くてガラガラの声だからって。低い声だし自分の声でやってみようと思って、自分で三〜四回練習して一番いいのを録音して流してみた。「またぁ〜。これ、はるな愛でしょ」って言うから、「これは俺の声だよ。何年聞いているの」って言ったら「えっ」ってびっくりしてた。でもこの声を作るのはたいへんだよ。ドラえもんのジャイアンの声にちょっとかわいい声を足したみたいな。ノドがかれそう。ものまねを見たいって言われたらなんとか似せようと思ってやるんだけど、顔まねはやめろって言われるので声を似せるために「あーあーあー」と言いながら音程を合せる練習をしている。録音して流して音程を確かめながらやるんすよ。早口にならないようにと音痴にならないようにね。カラオケに行くとふつうは楽しいなーって歌うと思うけど、今はカラオケ行っても楽しくできない。音程とらなきゃって。カラオケはたまに行ってます。家族と行ったり、英会話の先生と行ったり。

第5章

養護学校高等部時代

青鳥《せいちょう》養護学校高等部

養護学校高等部の入学試験を受けに行きました。筑波大付属の大塚養護学校（当時は養護学校と言いました）に三日間行って面接とかをしました。その日の一日の流れの説明を受けてから始まりました。その日は、皆で体操着に着替えるために更衣室に行きました。男子女子に分かれて体操着に着替えて体育館に行きました。その時に着替えに間に合わなくて困っていた男子を待ってあげて「一緒に行こう」と声をかけて一緒に体育館に行きました。男子と女子に分かれて色々な種目をしました。走ったりしました。お昼の時間になったので持ってきた弁当を食べて少しゆっくりして、一日が終わって帰ってきました。二日目と三日目は教室の中で試験をして字や絵を書きました。大塚養護学校は静かで良い学校でした。

大塚養護学校の試験に行く前に中野区の養護学校の見学に母と一緒に行きました。二校ともいいところでしたが、僕は世田谷にある青鳥養護学校に決めました。青鳥は室内プールがあっていいなと思いました。それに、皆で廊下を歩いて見学している時に、生徒が一人教室から飛び出して来て、僕の前でにっこりしました。

外苑中の三年A組の河野先生と母と僕の三者面談の時に、母も河野先生も「せっかく受かったのだから大塚養護学校に行ったら？」と言ってくれたけれど、僕は「もう決めました。青鳥養護学校に行きます」とまじめに言いました。

運命の友

青鳥養護学校にて、運命の友になる人と出会いました。

口調は荒いが心根のいいやつです。

彼の名前は、西村幸と言います。

背は高くて、大きい声で話をします。

その友達と僕はいつも一緒に行動していました。

学校にいる時も下校の時も、いつも一緒でした。

二人で新宿の街で映画を見たりしていました。一九五九年に河田町にできたフジテレビが一九九七年にお台場に移転した時は、二人で行ってみました。

代々木と初台とで家が近かったので、夕方遅くまで一緒に語り合い、近所の公園で鯛焼きを二人で食べ、コーラを飲み、ブランコに乗ったりしました。高等部二年生の時、クラスが替わってしまったけど、グループ授業の時は必ず会えました。

お互いの親にあいさつをかわしてから二人の長い付き合いが始まりました。

それからの毎日はとても楽しく「登校すればまたあいつに会える」、僕達は生涯の心の友、そして今でもたった一人の大事な親友なのです。

学校生活

入学して最初のうちは友達ができたりして楽しかったです。

でも、受け持ちの先生はちょっと良くないことがありました。

僕は日記を小学校一年からずっと書いていて、八マスのノートから始めて十五マスになって、中学からは大学ノートに書いていました。

いつか母が「息子は、小学校からずっと日記を書いています」と先生に見せ、先生は「クラスでも日記を書かせましょう」と言ったそうです。

日記は、ジャポニカ学習帳の十五マスに書くことに決められてしまいました。そして、字の間違いを指摘され直されるのです。せっかくの日記に赤いえんぴつで書き込むことはしないでほしいです。国語の勉強なら別のノートに直しを書き込んでもらいたいです。

あと、他のクラスの先生や親友のことを書いたりすると、「他のクラスの仲間とばかり一緒にいないで、自分のクラスの仲間と行動するように」と書かれたりして、とてもいやな気持になりました。だから直されないように先生の気に入るような日記を付けるようになり、日記を付けるのがいやになった時もありました。

堀田和子先生

一九九〇年（平成二年）、二年生、十八歳の時に堀田和子先生と出会いました。先生は当時四十歳くらいだったと思います。産休補助のお仕事でやって来ました。僕より二十三歳年上の、美形で可憐な先生です。『西遊記』でいうと三蔵法師的な（夏目雅子さんみたいな）先生でした。

自己紹介で、その先生が「お名前は何て言うの」と聞いて来たので、「南正一郎といいます。今日からよろしくお願いします」とあいさつをしました。かなり緊張していたと思います。

ある時、先生が「今度学校が休みの時に三人でどこか行こう」と誘ってくれました。僕と西村君と堀田先生の三人で色々なところに行きました。電車やバスなどの乗り方、そしてお金の使い方、目的地への行き方、道の聞き方などを教えてくれました。最初のうちは先生が全部してくれました。僕達はそのやり方をただ見学していました。先生は普通に勉強だけを教えるのではなくて、僕達が卒業して社会人になった時に困らないように、色々なことを指導してくれました。

そうしてくれる先生は教師の鑑《かがみ》だと思います。これからはそういう教師達が増えてほしいと思います。

ある時、先生が「他のクラスのお友達も誘って皆で行こう」と言ったのでさっそく声をかけることにしました。各クラスから二人ずつ声をかけ、十人集めました。合計十二人で「私達の余暇《よか》利用リストブックとみんず」を作ることになったのです。

とみんず

一九九一年の夏休みに、皆で豊島園に遊びに行きました。

障害者手帳を見せると入園料が安くなったので、他にも利用できるところがあるかもしれないと話し合いました。それで、自分達で調べてみようということになりました。

まずはじめに資料を集めました。「お父さん、つれていって」という冊子や雑誌の『ぴあ』を使い、遊園地など利用したい施設の情報をかき集めました。そんな時、旧都庁に情報センターがあることを知り行ってみると、そこに「とみんず」というコンピューターがありました。このコンピューターは自分の調べたい施設の地図、場所、時間、料金などが印刷されて出て来る便利なものです。リストブックのほとんどは「とみんず」で印刷されたものを使いました。

障害者手帳を使用して割引があるかどうか聞くため、都庁や世田谷区民会館に何度も行ったり、応対に緊張しながら電話をかけたりしました。もちろん堀田和子先生がついていてくれました。安心して電話の応対ができるように、そのための台本を作ってくれて、「こう言われたら、こう言うんですよ」と教えてくれました。

対応中に、ときどき先生が合図を送ってくれました。

男子も女子もみんな先生のことが大好きです。

卒業式当日、そうしてできた本を各クラスに配りました。僕は西村君と二人でコンビを組み配りました。

教え

堀田先生はこんなことも話してくれました。

僕を含めた男子だけに「今から言うことは決して忘れてはいけません。いざ彼女ができた時のエスコートの仕方を教えますから真剣に覚えるのです。いいですね」と言って指導をしてくれました。

電車やバスに乗った時のエスコートの仕方も教わりました。堀田和子先生は「こういう時はこうしたほうがいいですよ」と言って教えてくれました。僕達は、社会勉強として一生懸命教わりました。

堀田和子先生に、色々ためになる特別授業を教えてくれてありがとうと言いたいです。

スキー旅行②

青鳥養護学校高等部二年生の時、聖山にスキー旅行に行きました。

中学校の時に一回行って、家族で一回、これが三回目です。少し上手になりました。

新宿の駅に集まってあずさ二十号に乗りました。大親友の西村幸君と一緒の座席でした。

松本駅に着くまで楽しい話をしました。

松本に着いてバスに乗り換えました。

スキー場の近くのホテルに四泊しました。聖山学園に着いて部屋に入りました。僕は西村君と同じ部屋になりました。
すぐ着替えてスキーをしました。
坂の上からすべりました。
スキー板を八の字にすることを思い出してやってみたらうまく止まりました。
みんなびっくりしました。
自分でもびっくりしました。

第6章

家　族

いとこたちと
(左から，妹の礼子，磨里，豊士，好史，著者正一郎)

父の言葉①

僕が生まれて来た時のことを母が話してくれました。

母がまだ赤ん坊だった僕のことをどうしてよいかわからず困っていた時、父が母にこう言ったそうです。

「正一郎を色々なところにつれて行ってやってくれ。そして見させてやってくれ。伊豆の大仁町の実家に泊りがけで行ってもいいよ。楽しいことをいっぱいさせてあげてくれ。俺が必死で仕事をするから」と母に話をしてくれたそうです。

両親はこの僕のことを真剣に話し合ってくれました。

両親に大事にしてもらったおかげで、今の自分があるんだ。生きてこられたんだと僕は思います。

「私が生まれて来たわけは父と母とに出会うため」(さだまさし作詞作曲「いのちの理由」)という意味が今少しわかるようになりました。

いとこ

幼少の頃をふと思い出すと、よくいとこ達と遊んだことを思い出します。

母の妹で僕の大事な叔母さんがいます。大村葉子叔母さんと北野留美子叔母さんです。二人の子どもたちの、真弓ちゃん、豊士君とその妹美奈ちゃん、磨里ちゃん、美史兄ちゃん達とよく一緒に遊んでいました。

ある夏の日、葉子叔母さんの家の庭で、パンツいっちょで食べたスイカのおいしかったこと。庭に皆でスイカの種を飛ばしました。

一番よく思い出すのは伊豆の国市大仁町の夜空に打ち上がった花火です。お盆の祭りの花火です。その花火大会が終わるまで見ていました。

豊士君と美奈ちゃん、真弓ちゃんと一緒にプールや海でたくさん泳いだり、上野の動物園に行ったりしました。

毎年夏にはお墓参りに行っています。

僕が十三歳の時に他界した祖母と、十八歳の時に他界した祖父のお墓には毎年夏にお線香をあげに行きます。

　ぼんおどり　たいこと花火がドンドンドン
　いとこたち　無言で食べてるカキ氷

愛犬ジャッキー

愛犬ジャッキーとの出会い、それは小学生の時です。母がシェルティーの子犬を買って来てくれました。

ジャッキーはいつも僕と一緒にいました。

散歩に行く時はうれしそうにします。毎日散歩につれて行きました。

僕達はいつも仲良しです。

僕が小学校から帰って来るとうれしそうにしっぽをふり僕のそばに来ます。僕はジャッキーに話しかけます。たまに僕と寝ることもありました。

家族で千葉に引っ越した頃には、ジャッキーは歳をとっていて、やがて病気になり死んでしまいました。その遺体をだっこして家族と一緒に車に乗り、千葉ペット霊園につれて行きました。遺体になってしまった愛犬に僕は「初めて出会った時のこと、一緒にいられて楽しく過ごせた日を、一生忘れないよ」と声にならない声で言っていました。

それからの僕は一カ月くらい、元気もなく落ちこんでいました。

ある夜のことです。ジャッキーが夢の中に出て来たのです。ジャッキーは僕に「元気出して、泣かないで。僕はいつまでも君の心の中で生きているからね」と言っているような気がしました。

その愛犬が亡くなって、何年かたちました。

今でも夜空の無数の星達を見ると、愛犬の笑顔が目にうかんで来ます。

父の言葉②

僕と父親は、今の歳になっても大の仲良しです。

僕があと数カ月で成人を迎えるという時のことです。

父が「大事な話があるからこっちに来なさい」と僕を呼びました。

どんな話をするのかなと思いながら父のそばに行くと、大人としての心得を教えてくれました。

まず、お酒の正しい飲み方。毎日続けて飲まないこと、休肝日を必ず作りそれを守ることを教わりました。

人にとびついたり、触ったりしつこいことをしないこと。女性や小さな子どもやお年寄りのことです。その通

父と

りだと思いました。

「人が困っていて落ちこんで悲しんでいる時は親切にしてあげなさい。それが人助けになるんだよ」と父が僕に話してくれました。その通りだと思いました。

人間として一番大事なことは嘘をつかないこと。人のものをだまって取ってはいけないこと。これを真剣に守ることを父とかたく約束しました。

話が終わってから二人で缶ビールを飲みました。男どうしの「カンパイ！」をしました。

僕が白血病で入院した時は毎朝来てくれました。手や腕、そして足をさすってくれました。心から「ありがとうパパ」と言いました。

今では毎年、父の日には僕の手作りのカードを父にあげています。よろこんでくれます。ときどきは一緒に風呂に入って父の背中を洗ってやります。

父にひと言、「お父さんありがとう」と言いたいと思っています。

絵手紙――大切な人葉子叔母さん

ある時、伊豆の叔母より一通の絵手紙が届きました。

色々な絵が書いてあって、それにあった言葉が五七五の俳句のようになっていました。

叔母に会いに行った時、叔母は絵手紙のことをことこまかく教えてくれました。筆の持ち方から教わって、線や丸の描き方を教えてくれました。絵手紙用の絵の具の色のつけ方を教えてもらい、絵手紙の楽しさを教わることができました。

その後何日かたって、その叔母から絵手紙セットが届きました。プレゼントでした。

今では叔母に教えてもらったようにして時々絵手紙を楽しんで書いてます。

春には桜の絵を書いたりしています。

夏にはカキ氷とひまわりの花の絵を書き、秋には満月をながめて食べたおだんごの絵や、焼き芋、大根おろしたっぷりの秋刀魚の塩焼きの絵を書いたりしています。五七五の文を書いたり、冬にはクリスマスケーキやツ

絵手紙

リーなど楽しい絵を書いています。

今では家族の記念日には僕が書いた絵のカードをあげています。相手を思って書きます。

正ちゃんのポエムコーナー

散歩に行った時、思いつきでメモをとります。

家に帰ってきて、詩にしたり五七五にまとめて俳句にしています。


「四季」

うぐいすの声、そして穏やかな暖かい風の中。歩いてみると春がもうそこまで来ているような気になります。

桜の花が咲き乱れ、風に吹かれて、散り始めると一句を思いつきます。

なぜ人は桜の花が満開になるとお花見をするのか、僕は不思議に思います。

太陽の下に横になり、目を閉じて耳を澄ますと波の音が聞こえてきます。

せみの鳴き声、そして夜空に打ち上がった花火。夜空の一角を明るく照らす夏。

束の間の秋。大根おろしたっぷりの秋刀魚の塩焼き、まつたけや焼き芋、おいしいものがいっぱいいっぱいの秋。秋桜の花や夜通し鳴きつづける虫達。満月。

くつ下に願いを込めたクリスマス。やっぱりケーキにサンタさん。

「春」

ほら、耳を澄まして聞いて見てごらん、穏やかな温かい風が吹く今日この頃「ホーホケキョ」と鶯の声が聞こえるともう春が来たんだ！

青い空の下で木々たちには満開の桜の花。そう、山にも里にもそして野原にも春は来るんだ！　そして花見をする人もいるようだ。

この「春」のポエムをはるな愛さんにささげます。

「夏」

炎天日の太陽の下で冷たくてあまーいあのカキ氷。夜空に打ち上がった花火が夏の夜空一面に花が咲いたように見えるのは何故かな?と僕は不思議に思う今日この頃、僕はきっとこう叫ぶかも。それはね「花火さん真夏の夜空に花を咲かせてくれてありがとう」

「秋くれば」

秋の夜長に、満月を見ながら食べる団子が格別にうまいこの季節が来たのです。色付いた紅葉を見ていると秋が来たんだと思うのです。秋桜の花が秋が来るようにしてくれたんだ!秋風が吹いて辺り一面落ち葉で一杯の中で焼き芋蜜のきいたあまーい焼き芋。そして何より大根おろしに正油をたらしての秋刀魚なんかを食べていると何か秋が来たんだなーと思います。

「冬くれば」

寒い雪の降る町のあちこちをふと見ているとクリスマスツリーを眺めてみると、そう!　あのクリスマスが来たんだ!と思います。
それはクリスマスにちなんだ七面鳥の肉やおいしい料理、シャンペンをキューと飲み耳を澄ますと「ジングルベル」鈴の音色が、「クリスマスが来たよ」と言っているように聞こえます。

苺の乗ったショートケーキのローソクにともした火を「フッ」と消すと、イエスキリスト様が生まれるのです。

あまくてあまーいケーキをほうばるとクリスマスが来たんだと思うのです。

夜も更け枕元に願いを込めて置いたくつ下、夜が明けると喜んでいた幼少の頃を、今でもうっすらだけど思い出します。

町はもう見渡すと真っ白な雪景色、雪合戦で大喜びをする子ども達、終わった後にあったかくてあまいあまーいお汁粉がうまいうまーい、冬になっても食いしん坊の僕デース！


「お正月」

おせち料理やおぞうににおとその酒を飲みジュースもね、でも一番欲しいのはお年玉だよね。

正ちゃんの俳句コーナー

「春」

うぐいすの　ホーホケキョが　春を呼ぶ

花が咲く　山にも咲いて　野にも咲く

青空を　見上げて木々が　ピンク色

ピクニック　桜ながめて　昼寝する

温かな　風が吹く頃　春思う

春さんが　いったいどこで　生まれるの？

あれ買って　これも買ってと　初天神

「夏」

あついあつい　何故か飲みたい　生ビール

あつい日に　カキ氷が　ほしくなる

海プール　泳ぎたいのは　なんでだろ

波の音　聞いて和む　この心

「秋」
満月や　眺めて団子　うまいので
月見上げ　煌めく星達　秋の空
色どりの　紅葉がきれい　さんぽみち
夜通しに　虫の声が　きけるので
やきいもとさんまのうまいこのきせつ
笛太鼓　ドンドンピーヒャラ　まつりだよ
まつりの日　やきそばたこやき　チョーハッピー

「冬」
くつ下に　何か入れてよ　サンタさん
クリスマス　なぜかケーキが　主役かな

喫茶店のマスター

港区六本木から目黒区青葉台、そして渋谷区代々木に引っ越して、しばらく経った頃のことです。

「ユウジ」という喫茶店が開店して、父と母とよく行っていました。僕はアプリコットジュースをよく飲んでいました。

そこのマスター・斉藤裕二兄ちゃんと親しくなり、とてもよくしてくれました。マスターの焼きそばがすごくうまかったことを今でもよく思い出します。

その頃は父も母もとてもいそがしくしていました。そこで、マスターがいつも色々なところにつれて行ってくれました。プールに行って一緒に泳いだり、二人で江ノ島の海で泳いだりしました。帰りのロマンスカーでは、アイスクリームを食べコーラを飲み、ひと眠りしました。

青鳥養護学校の行事の時には保護者代理として来てくれました。その時、大親友の西村幸君を紹介しました。マスターが「今度友達をつれておいで」と言ってくれたので、打ち合わせをして西村君と一緒に行きました。

その時に、ユウジ兄ちゃんがこんなことを言いました。「お前たちは本当に仲がいいな」。そして僕に、「正一郎、いい友達を持てて良かったな」。

ユウジ兄ちゃんには本当にお世話になりました。「ありがとう」と言いたいです。今はどのようにしているかすごく気になります。会えたらいいな。

第7章

仕　事

職場実習

青鳥養護学校では当時、卒業後には職に就けるようにという方針でした。三年生になると職場実習に行くことになっていました。

僕は本町作業所と幡ヶ谷作業所のぞみ、そしてクッキー屋パレットに行きました。そこでは良くしてもらいました。その頃の僕はあきっぽく、集中力もなくてすぐにトイレにこもったりして、良くなかったと今でも思います。

最後に行ったクリーニング店では、実習の最初は指導してくれましたが、覚えが悪いとか遅いとかを理由になぐられたり蹴られたりしました。僕は青あざができるまで蹴られました。帰宅後、風呂上がりに妹に見つかり、「どうしたの」と聞かれて、「ちょっとぶつかって」と言ったら、「ぶつけたくらいではそうはならない」と言われ、本当のことを言いました。

母がクリーニング店と学校に言ったら「そんなことくらいで文句を言う親はいない。そんなことを言っていると働くところはない」と言われたそうです。

女子もひどくされていました。女子が仕事を間違えた時に、手を抑えてアイロンをつけたりされたのを見たことがあります。ぜったいやめてもらいたいです。僕が蹴られた時、帰りにパートのおばさんは、「言いたいけど私が首になるから言えない、ごめんね」と言いました。

指導者の方は「あせらず」「おこらず」「いばらず」、気長に暴力をふるわずに指導をしていただきたいと思います。ぜったい思います。

まじめに一生懸命働きますから、どうか僕達のことを理解して暴力をふるわないでほしいです。

仕事

その後は父の群馬県前橋市の新聞販売店で何日か実習をしました。泊り込みで朝刊のチラシ入れと昼の折込そろえをしました。

卒業してからしばらくは色々勉強しました。母と一緒にハローワークに行き、仕事を探しましたが見つからず、近所の知人の紹介で神奈川県のパン工場に何日か行っていました。機械で袋づめにしたパンを箱に入れる仕事をしました。おじいさんが仕事を教えてくれました。

それが終わってパン投げをしました。パン投げというのは、オーブンで焼き上がったパンをビニール手袋をして、ベルトコンベアーの上にぽんぽんと置くことです。それはまるでパン投げをしているようで楽しかったです。

そこのおじいさんがいつもそばについてくれて指導をつけてくれましたが、体調をくずしてしまい病気になってしまったので、僕はやめました。今、どのようにしているか気にしています。お元気のお年寄りになったらよいと思います。もしお会いすることができたらこう言いたいです。「おじいさん、パン工場で仕事の指導をつけてくれてありがとう」

その後は職業訓練をするところに何カ月か通いました。訓練も終わり、仕事に就きたいと思いました。僕が二十歳の時、父が千葉で新聞販売店を持ちました。両親と三人で千葉に引っ越しました。父の店は家のすぐ近くにありました。履歴書を買い、書いて、父のやっている新聞販売店に行き、「面接して」と言って面接をしてもらいました。働くことになりました。

最初は折込をそろえるところから始め、機械もやらせてもらいました。それにセールスも少し覚えてやり、夜中に朝刊に出る人達の新聞の折込を入れて、そうじをしていました。二十二歳から三十三歳まで新聞販売店で働きました。

仕事を教えてくれた先輩もいたけど、中には親切にしてくれるふりをして、たかる人もいました。お金を何度も取られました。

僕もすぐに家族に話さなかったのでしょっちゅうだまされました。

これからは何でも家族にすぐ話をしようと思います。

そういう時は用心して、何でも家族に話をしたほうがよいと僕は思います。その日にあったことや言われたことをいつも家族の人に話しておけば、何かの時の対策を考えてくれます。

その日の一日のことを何でも家族に話すということはとても大事なことだと思います。

第８章

友　達

矢切の渡しにて

旅行

卒業後、僕達は無事に定職に就きました。

堀田先生が僕達を誘ってくれたので、再会することになりました。西村君と僕と全部で十名です。

旅行の時は、山口先生という男の先生も一緒に来てくれました。

ユニバーサル・スタジオ・ジャパン

僕と、大親友の西村幸君を含め十人で大阪のユニバーサル・スタジオ・ジャパンに行きました。

その前日に西村君の家に一泊しました。

千葉県の八幡宿から電車を乗り継いで初台の駅の改札を出ると、西村君が迎えに来てくれていました。二人で鯛焼きを食べコーラを飲みながら西村君の家に行きました。着いて荷物を部屋に置いてから二人で入浴をして、西村君のお母さんと三人で夕食をしながらビールを飲みました。

一泊して次の日の夜行バスに乗りユニバーサル・スタジオ・ジャパンに行きました。そのバス停まで西村君のお母さんが送ってくれました。

バス停で皆と会ってバスに乗りました。もちろん堀田先生も一緒でした。

バック・トゥ・ザ・フューチャーのタイムマシーンに乗ったり、ETの乗り物に乗りETに名前を呼んでもらったことも思い出します。

山形県野口ペンション

一九九五年の夏の日のことです。

東京の渋谷駅ハチ公前に集合して東京駅から新幹線に乗り山形に行きました。駅に着いて山形蔵王坊平高原野口ペンションに着いて荷物を置いてグラウンドでバドミントンをして皆と遊びました。野口ペンションに行った夏には木陰を渡る風がなんとも心地よかったことを思い出します。

オーナーが来てから楽しい夕食をして、入浴をしてから皆で肝だめしをしたことも思い出します。

次の日は、朝食を済ませ荷物をまとめてから色々なところに行きました。

そして、青鳥の仲間のいた施設に行きました。そこは、山形県北村山郡大石田町大字横山にある「水明苑」という施設です。バスケやキャッチボールをしていっぱい遊び、皆と一緒に温泉に入りました。

その日は山形の花火大会がありました。その花火の綺麗だったことを今でも思い出します。花火大会が終わるまでずっと見ていました。

海水浴旅行①

その日僕は、朝五時半に起きました。

新宿の地下交番前に行きました。

僕は、大親友の西村君と会って待ち合わせ場所に行きました。仲間が十人集まってからバスに乗って、千葉の九十九里浜の海水浴に行ってたくさん泳ぎました。堀田先生も一緒に行きました。

その日の夜、皆で花火をしました。

とても楽しい旅行になりました。

その頃の花火が今でも印象に残ります。

海水浴旅行②

また、ある時の夏の日のことです。伊豆の海水浴場に行きました。

東京駅の新幹線乗り場の改札前で待ち合わせをしてから新幹線に乗りました。

僕は、西村君と堀田先生と秋山君達と座りました。

僕のとなりには堀田先生がいました。

僕の前には、西村君もいました。

お昼になったので缶ビールを飲みながら弁当を食べひと眠りをしました。

駅に着いてからコーヒーを飲んでトイレ休憩をして、海水浴場に着いて荷物を置くところがあったのでそこに置いて海パンに着替えていっぱい泳ぎました。

少しゆっくりして着替えてから荷物を持って泊まるところに着いて温泉に入り少しゆっくりしてから、夕食と飲酒をして楽しい夜を過ごしました。

その時の波の音が今でも耳に残ります。

ここで一句。

耳済ませ　波の音が　なつかしい

饅頭《まんじゅう》怖い

「第四回東京大集会、障害者自立支援法見直しを求めて」の当事者意見発表をした時、堀田先生のことを話しました。

スピーチを終えた後は堀田先生に会うことができました。

その時、堀田先生が「今度、大原作業所の秋祭りでやる劇のリハーサルをやっているから見にいらっしゃい」と声をかけてくれました。

どんな劇をやるのか楽しみにして行ってみたら、落語劇で、演目は「饅頭怖い」でした。

堀田先生から僕に「南君、少し手伝ってもらえる」と言ってもらったので、少し手伝うことにしました。ワクワクしてきました。

「南君、少しでいいから饅頭を怖がりながら食べて。このへんで、にがーいお茶が一杯怖いと言ってみて」と言ったので言ってみました。

堀田先生ができあがった台本をくれてこう言いました。

「南君、主役をやってもらえる?」

その日帰って来て台本のセリフの自分の箇所を読むところから始めました。何度も何度も読みました。

僕は熊さんの役作りをしました。

何度もリハをつみ、色々な特別支援学校に行って見てもらいました。

移動中のバスの中で台本の自分のところに目を通しました。

僕のとなりには堀田先生がいました。

そして本番当日、少し早めに行き、セリフのチェックをして本番を迎えました。

演技もセリフも間違えずにできました。

落語はおもしろい話がいっぱいです。

何日かたって、母と一緒に浅草の寄席に本物の落語を見に行きました。それからはテレビでやっているのを母と一緒に見るようになりました。母は落語が大好きです。

これからも、もっと勉強して色々な落語を覚えていこうと思っています。

南さんインタビュー　落語

落語の「饅頭怖い」は京都のトライアングル（京都ダウン症児を育てる親の会）の講演の時に初めてひとりで披露した。その時はドッカン受けたけど、横浜の時はぜんぜんダメ。まじめな人だけの前でやったから受けなくてがっかりだったよ。

普通落語ってオチで笑うのに、「饅頭怖い」って言っても「お茶が一杯怖い」って言っても笑った人は少しだけ。メモとったりしてる（笑）。ちょっと待ってくれと。こっちは汗だらだら。ちょっとは笑ってくれたけどシーンとしてる。まじめに聞かれると困るね。

今は「初天神」を練習してます。父ちゃんが神社へお参りに行くのにガキが（無理に）ついていく。出店が出てて「あれ買ってこれ買って」となって凧を買ってもらうんだけど、父ちゃんが凧に夢中になっちゃって、子どもが返してよって言っても聞かない。で、「やっぱり父ちゃんなんかつれてこなければよかった」というのがオチ。

大原作業所

それ以来、毎年の大原秋祭りの劇の手伝いをしています。

そして堀田先生が大原から独立し、その後ワクワク祖師谷事業所の施設長をしていましたが、今では特定非営利活動法人「ＪＯＹ」という喫茶店で理事をしていて実習担当をしています。

先生は大原秋祭りに来て出店を毎年出しています。それを手伝います。

先生には助手がいます。佐藤さんといい、僕と同級生で同じ歳です。一九八〇年代のアイドルの話やその当時やっていたバラエティー番組の話などで、けっこう話が合う仲になりました。今では友達のような付き合いをしています。佐藤さんは大原作業所の所長をしています。それからワクワク祖師谷事業所の所長もして、今では東京都世田谷区三軒茶屋付近にある用賀福祉作業所の所長をやっています。尊敬の人です。堀田先生と佐藤さんには毎年会っています。

ある年、大原作業所の秋祭りがありました。

その年は「オールウェイズ」の映画の劇をしました。僕は東京タワーの役をやって立っていました。

堀田先生と缶ビールを飲みながら販売を一緒にやりました。

お客さんが何人も来て、そのお客さんが僕のことを堀田先生に聞いた時、堀田先生は「私の大事な生徒です」と言っていました。その時僕はそばで聞いていました。

堀田先生に会えたので色々話をしました。「京都の講演旅行、がんばってね」と言ってくれました。西村幸君にも会えたので、ずっと一緒に行動しました。おじさんと色々話をしました。「幸の面会に来てくれていつもありがとう。これからも幸のことよろしくね」と言われました。西村君は施設に入っています。

親友の入院

その親友のことです。

僕が三十五歳の時に大事な親友のお母さんから、「うちの子が脳梗塞で入院している」と聞きました。

すぐにでもお見舞いに行きたかったのですが、僕も白血病から回復したばかりだったので、行ってあげることができませんでした。

親友が少しよくなって施設に入ってやっと落ちついたそうで僕も安心しました。

親友の母の死

親友のお母さんが他界してしまいました。僕は母と一緒にお通夜やお葬式に行きました。順番が来てお焼香をあげました。

その親友のお父さんが僕を呼び、「南君だね。今日は来てくれてありがとう。幸の母から南君のことはよく聞いていたよ。ときどきでもいいから幸に会いに行ってあげてほしい。そこの施設の方にはよく言っておくから。もし幸に会った時は、今日のことは言わないでほしい。ショックで倒れるかもしれない。君が息子の大親友ということはよく知っている。

南君、息子の席に座って」と言ったので座り、お経を聞いていました。お経の時、大親友のお父さんや妹さんはどんな気持ちでいるか、僕は大親友の母親を思う気持ちを考えてお経を聞いていました。

親友の母と過ごした時の思い出

大親友とそのお母さんと一緒に過ごした数えきれないほどの楽しかったことをよく思い出します。

職場実習の時には指導係をしてくれました。渋谷区の手をつなぐ親の会の行事に行ったこと、色々な楽しいところに行ったことを思い出します。

今はこうして亡き人になってしまった。お通夜の会場の前方で、「南君、いつまでも息子の良き親友でいてあげてね」と言っているように僕は思いました。

告別式に行った時に火葬されて出て来られた時に、僕は溢れんばかりの涙をこらえていました。

西村君のお母さん、生前は本当にお世話になりました。西村幸君と大親友になれて本当に良かったと思っています。

今、ありがとうと言いたいです。

再会①

それからは僕は何とか時間のやりくりをして、西村君の面会に行ってコーラを飲んだりして楽しく話をしました。

数年前から、その施設の世話係の人に、「今はあまり体調が良くなさそうなので」「疲れが出やすくなったので、面会はちょっと……」と言われるようになり、面会ができなくなりました。

二〇一五年の九月二十一日に堀田先生と気の合う仲間たちと一緒に西村君に会いに行きました。

僕がいつものように「オイ、西」と言った時、「あれっ」と思いました。いつもなら「南」と言い返すのに、それがなかった。

おかしいなと思いおじさんにわけを聞いてみると、おじさんはこう言いました。

「皆、今日は息子に会いに来てくれてありがとう。今からランチをしよう」と言って外に出ることにしました。

西村君は少し荒っぽくなってしまったように見えました。皆は「いつもの西村君じゃない。どうした？」というような顔をしているように見えました。

おじさんは僕に「いつも会いに来てくれてありがとう。だけどね、南君一人で会うのは危ないよ」と言いました。

僕は、西村君のことは全部わかっています。自由に身動きが取れなくなってしまったイラだちがそうさせていることはよくわかっています。

だから僕は、あいつの支えになろうと思います。だってあいつは僕の大事な親友だからです。今すぐにでも会いにいきたいと思っています。

だからこの言葉を伝えたいです。

「おい西、聞いてるか？　俺と西村はいつも一緒だぞ。俺はな、お前と出会った時からずっと友達だぞ。お前が俺のことを忘れても俺は忘れないぞ。いいな、また会いに行くぞ。俺とお前はいつまでもずっと一緒だぞ」

再会②

親友と二年ぶりに会うことができました。

西村君が入っている施設で秋祭りがあったので行きました。

着いてから三階まで行くと西村君とおじさんにやっと会えました。

僕と目が合った時に西村君が「ニコッ」としました。

あいつは、心の声でこんなことを言っているようでした。「南！　俺、お前と会えてうれしいよ、よく来てくれた」と僕に話しているようでした。
おじさんが焼きそばと今川焼を買ってくれて、二人で食べました。
その後コーラとジュースで再会を祝してカンパイをしました。

第9章

入　院

入院

二〇〇七年（平成十九年）、三十四歳の時、白血病で入院しました。

いつも健康診断をしてくれる菜の花クリニックの先生に母が呼ばれ、「すぐに入院させてください」と言われました。最初は井上病院で診察をしてもらい、そこの先生の紹介で千葉市立青葉病院に入院しました。父も母も妹もすごく心配してくれました。

入院生活が始まりました。最初に輸血を始め、それにくわえ抗がん剤もしました。高熱でうなされ嘔吐を繰り返しました。そのたびに目眩や貧血で倒れました。

抗がん剤治療をする前に妹が丸坊主にしてくれたので少しだけ楽になりました。

つらい治療でしたが、家族が毎日来てくれたので乗り切ることができました。父は毎朝来てくれました。妹も毎日来てくれました。色々買って来てくれます。母は僕が寝るまでいてくれました。

病院の横田先生が色々説明してくれます。大勢の看護師さんにお世話になりました。優しくてきちんとしています。

僕の病状を母から聞いた葉子叔母さんもすぐに来てくれました。すごく心配してくれて、僕の手や足をさすってくれました。

妹の友達からは励ましの手紙と千羽鶴が届きました。

ＭＬＳの高田良太郎先生もお見舞いに来てくれました。

病室のベッドで苦しい治療と戦っていた時、僕の携帯に電話がかかってきました。声の主は空手の指導をしてくれている松山孝師範代でした。

「正一郎、今どこにいるんだ」

「今、入院しています」

「どこが悪いんだ」

「白血病で入院しています」

「どこの病院にいるんだ」

「千葉市立青葉病院です」

師範代は電話を切ると、次の日に来てくれました。

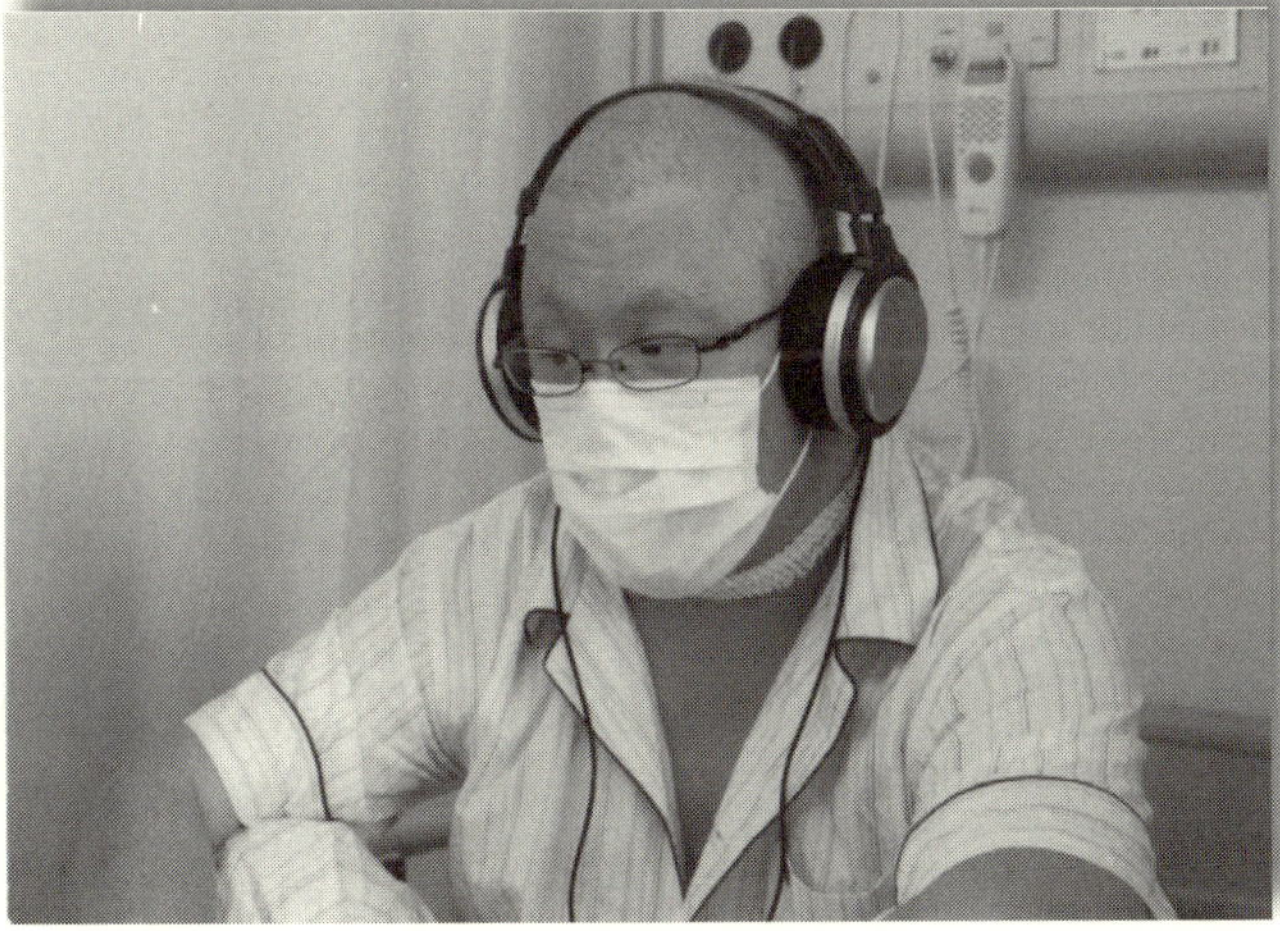

病室で

「おっ、正一郎。どうだ、心配したぞ」と言って、ある袋をよこしてくれました。それは館長からのお見舞いのものでした。

「退院して元気になったらいつでも戻ってこい。館長も正一郎が戻ってきてくれることを待っているぞ。だからがんばれよ」

絶対に治して、また空手に行きたいと思いました。

治るためにはごはんを食べなければと思い、吐き気を我慢して食べました。看護師さんに褒められました。

本で免疫力を高めるためには「笑うのがいい」と読んだので、お笑い番組をせっせと観ていました。今では体力や勉強のつかれをケアするためにお笑い番組を観てリフレッシュして自分をコントロールしています。

母の知人達にも励ましの手紙をもらいました。「必ず良くなってくれることを願っているからがんばって」と手紙に書いてくれていました。

苦しい治療でしたが耐えることができました。

退院して元気になってきました。お見舞いの手紙をたくさんもらっていたので、皆に返事を書きました。

たくさんの人達にここまでしていただいたことを今、「ありがとう」と言いたい気持ちでいっぱいです。

勇気をくれたタレント③　コロッケ

僕はタレントのコロッケさんの大ファンです。

一九八四年に、ものまね王座決定戦という番組でコロッケさんのものまねを見て虜《とりこ》になりました。僕が十二歳の時、伊豆の母方の祖父の家に泊まりに行き、明代《あきひろ》おじちゃん（母の弟）が「正ちゃん、おもしろいものまねのビデオがあるから一緒に観よう」と言ってくれて一緒に観ました。そこで初めてコロッケさんを知りました。それは一九八三年十月十八日の番組のビデオでした。コロッケさんは一九八七年三月十七日の放送で初優勝して、一九九一年に二度目の優勝をしました。

その時にコロッケさんのファンクラブに入会しました。コンサートや舞台などの時には、少し話ができてすごくうれしかったです。コロッケさんと一緒に並んだところを母が写してくれた写真があります。

一九八〇年に「お笑いスター誕生」という番組でデビューして三十七周年を迎えたそうです。

僕はコロッケさんのものまねが大好きです。コロッケさんの出演番組は全部見ています。

僕が白血病で入院していた時のことです。妹がコロッケさんに手紙を送りました。「兄はコロッケさんの大ファンです。その兄が今、白血病になり入院しています。中に便箋と封筒を入れておきますので、一言でいいです、書いて兄に送ってあげてください」と書いたそうです。

その後はコロッケさんの事務所と妹が何度も打合せをしていたそうです。病状の様子や、体調のいい時はいつごろかなどなど。

少しずつ良くなりかけのある夏の日のことです。その何日か前に妹とコロッケさんの事務所で電話でやり取りをしていたそうです。事務所から「今ちょうど時間があいたので、励ましたいとコロッケ本人が言っております。病院を教えてください」と連絡がありました。

そして、二〇〇七年八月二十三日、母と妹の案内で、コロッケさんが僕の病室に入って来ました。

もちろん僕には内緒で何も知らされなかったのでビックリしました。だってあのものまねタレントのコロッケさんが来てくれたのです。

コロッケさんは僕の病室に入ってきて、僕のベッドの前に来ると、「良かった、元気そうで」と声をかけてくれました。

うれしさのあまりついファンになった経緯や思い出話を色々しました。僕の病室のベッドにはコロッケさんのバンダナや色々なグッズを置いていました。それを見てすごく喜んでくれました。「がんばってね、早く良くなってね」と握手をして、マネージャーと一緒に東京に戻っていきました。夢のようでした。

がんばって元気になってコロッケさんのコンサートに行きたい。空手道場にも行きたい。退院して家に帰りたいと思いました。それで入院生活をがんばることができました。食欲がなくて食べれない、でもがんばって食べました。

退院して三年後の二〇一〇年一月に、コロッケさんの三十周年記念コンサートに母と一緒に行きました。

コロッケさんのファンクラブに入っているので、ショーが始まる前に楽屋で会えます。一緒に写真をとったり、少しお話しをしたり、すごく楽しいです。「元気になったね」と言ってもらったのがとてもうれしかったです。お見舞いに来てもらったので、心を込めてお礼を言いました。

コロッケさんは手と足をケガしてギプスをしながら舞台をやり通しました。すごい根性があるなと感動しました。さすが大スターだと思いました。

　コロッケさんの本を読んでみて、コロッケさんはお姉さんとお母さんと三人でがんばって、楽しく暮らしていました。芸能界で有名になるまでに色々修行をしたと書いてありました。ものまね日本一になった後も、自分の芸を磨いて皆が大笑いするネタを次々に考えているのですごいです。僕はそういうコロッケさんを尊敬しています。

　コンサートの最後にコロッケさんが歌ったのが「いのちの理由」という歌です。すぐＣＤを買って何度も聴きました。

　今も通院はしてますが、ほとんど元気になりました。尿酸値や甲状腺の薬をき

コロッケさんと

ちんと飲んでいます。あと耳鼻科の薬も飲んでいます。

いつかすっかり元気になって家族を安心させたいです。

コロッケさんのものまねに感謝をこめて「ありがとう」と言いたいです。

父の言葉③　お酒の話

白血病治療を終えてふと思い出すことがありました。あと数カ月で成人になるという時、父からお酒の飲み方を教わりました。

毎日続けて飲まないこと、缶ビールなら五百ミリリットル一本、日本酒なら一合、ワインならグラスで一～二杯、ウイスキーなら水割りで二杯までを守るようにと教えてくれました。

「それに飲まない日を作ること。一週間に一日か二日は飲まない日を作りなさい」

飲酒後の入浴は良くないことも教わりました。

プリン体《たい》のないハイボールや（その場のアドリブで）キリンフリーまたはホッピーにすれば痛風《つうふう》も防げます。そして油物や肉や甘いお菓子の食べ過ぎにも気をつけること。月に一回は必ず精密検査を受けることをおすすめします。医師とよく相談して治療をし、通院して薬を飲んでいる時は、勝手に市販の薬を服用しないように気をつけています。もし風邪をひいて風邪薬を服用する時は、お薬手帳を見せて相談してから買います。そして正しいダイエットの仕方は、適度な運動を行うことです。

痛風になりかけと言われた人達の正しい飲酒の仕方を説明します。

その一　飲む量と時間を決めて、それを守ること
その二　お酒を飲む前に水やお茶を飲んでおくこと
その三　朝食や昼食、夕食をきちんと食べること
その四　付き合いぐせを改めるため、夕食は家族と一緒にとること
その五　買い置きをしないで当日飲む分だけを買うこと
その六　食前ではなく食後に飲むこと
その七　おいしいお酒を少しだけ楽しむこと
その八　ウイスキーなど強めの酒は飲み過ぎないようにできるだけ薄めて飲むこと
その九　お酒もつまみもできるだけ時間をかけてゆっくりとること
その十　つい量が多くなるチャンポン飲みはしないこと

以上をおすすめします。

南さんインタビュー　酒の話

最近は飲んでないっすよ。前より飲む量を減らしたから。今日に備えて二週間くらい飲んでないし。（インタビューのあと編集者と飲みに行くから）

現在の尿酸値は飲んでいいくらい。普通に近い。薬は飲んでいる。甲状腺は治った。月一で通院してる。

同級生とかにちょっと飲もうよと言われた時に自分は飲めないとは言えないし、多少はね。「最近飲まないんだ。へぇー」とか言われて、「最近減らしてるんだ。ちょっとやばいから」というと、「なんだよ痛風か？」とか言われる。「そう、ちょっと（痛風の気が）あるって言われてる」と言うと、「じゃあ一杯目だけビールつきあって」「いいよ」「二杯目はどうする？」「うーん、（尿酸値が）あがっちゃうと困るし」「じゃあハイボールにしとこうか」という感じ。尿酸値とか上がりやすい体質だから自分で抑えないとまずいんでそこは抑えてるから。コントロールできてますねと薬剤師に褒められたこともある。毎日飲むと痛風になるから、抑えるためにはやっぱり休肝日を設けたほうがいい。ビールよりはハイボール。今はノンアルもあるし、プリン体カットのビールもある。尿酸値が上がりやすい人用のお酒ができているからね。

普段は休肝日で飲まない日が続いても一週間か二週間くらいだけど、白血病で入院した時は一年間飲まなかった。それで手が震えて（笑）。看護婦さんが血圧取る時に「アル中ですか（笑）」「いや、違います」って。でも入院中はさすがに飲みたくならない。そんな元気ない。頭はつるつるだしね。入院する前は体重が八十kgくらいあったんだけど。顔とか腹とかもうパンパン。当時はガツ食いしてたから。あっち行って食べ、こっち行って食べ、毎日砂糖の入った缶コーヒーを何本も飲んで。退院した時は五十kgに激減してた。今は五十八～六十kgくらい。

第 10 章

震災とボランティア

阪神淡路大震災

阪神淡路大震災が一九九五年、一月十七日に起きました。

テレビのニュースを毎日見ていました。

母に、「俺、ボランティアに行きたいから、俺のボランティアとして一緒に来てほしい」とお願いして、一緒に行くことになりました。

色々と買い物して、荷物をまとめて出発の朝を迎えました。冬なので寒い。たくさん着込んで行きました。

東灘区の駅までしか電車が行かなかったので、街を少し歩きました。ニュースで見ているのと全然違いました。歩くところがありません。家が壊され、屋根の瓦が吹っ飛んでいます。マンションの一階が潰れて二階が一階になっていました。すごく怖い思いをしました。

街は、ほこりっぽく空気がザラザラしてたので、咽飴をしゃぶりマスクをしました。

夕方を少し過ぎた頃、小学校の入口でたき火をしている人に母が話をしてくれました。

おじさん達が「もう少し歩いて行くと大学生のボランティアのプレハブがあるから行くといいよ」と言ってくれたので行きました。やっとプレハブに着き、母が大学生に「ボランティアに来たのですが泊めてもらえますか」と聞くと、「いいですよ、男子はこちらで女子はこちらです」と教えてくれました。母が、「息子はダウン症ですが」と言うと、「大丈夫ですよ。俺達皆いますから」と言ってくれました。少し早かったけど早めに寝ることにしました。

次の日の朝、皆で区役所の掲示板を見に行きました。

荒れ果てた街の道路のゴミ拾いをしました。

次の日は小学校に行きました。

廊下や体育館にはたくさんの人達がいました。そこには幼少の子ども達もたくさんいました。今にも泣き出しそうな子どもたちもいました。そうとう怖い思いをしていたということがわかり、胸が痛む思いでいっぱいでした。

そこの人達に肩もみをしてあげたり、話を聞いたりしていました。

その中の一人が「遠くからよく来てくれたね。おかげで楽になれました。ありがとうよ」と言ってくれたので、少し疲れたけどよろこんでもらえて良かったです。

次の日はＪＤＳの名簿を見て、東灘区の住所にある友達の家を探しました。でも一人も会えませんでした。見つけた家の入口に出入り禁止の札《ふだ》がついていました。次の家は「京都の親戚の家に行きます」と貼ってありました。その次の家も人が住んでいません。持ってきた靴下やタオルやホッカイロやカロリーメイトや、店からあずかってきたものは、養護学校を探してそこの先生に渡してきました。新聞店も探して箱のお菓子を渡してきました。

最後の日は炊き出しの手伝いをしました。大きな鍋に豚汁がいっぱいありました。何人かによそってあげました。休憩を入れてまたやりました。

この時、一人のおばあさんが近くに寄って来て、「一人です、お願いします」と言ったので入れてあげました。そして一言、僕を見て「あのう、肩をさわらせてもらってもいいですか」と言いました。おばあさんは観音様にお祈りするように、僕の顔に向かって拝みました。「お母さん、この子を大切にしてあげてね」と言いました。

阪神淡路大震災から二十三年がたちました。日本ダウン症協会の僕の仲間たちがどのように生活しているのかすごく気にしています。僕は同じ協会の仲間として、仲間と共にあゆんで行きたいと思います。

東日本大震災

二〇一一年の三月十一日、十四時四十六分。地震と大津波と原発の事故が起きました。

このことはぜったいに忘れてはいけない。

人々の住んでいた家や職場や通っていた学校が流されていました。家族に連絡がとれず、何人もの人達が命を落とされています。

そして何より大切な家族や友人を失った被災者の皆さんの気持ちを思うと胸が痛みます。亡くなられた方々のご冥福をお祈りします。

今の僕は白血病から回復したばかりで、白血球の数値が低めでもとの数値に戻らないので、抵抗力が心配だからボランティアに行かれません。だから、地元の市原市の「平和のつどい」の仲間と一緒に募金集めをしました。

二チームに分れて何人かの人達と一緒にやりました。福島県から家族で市原市に避難してきた家族を招待しました。夕方から募金コンサートをしました。サンプラザ市原のステージでやりました。その時僕は空手の型を披露しました。笑顔と元気になってほしいという気持でやりました。

第 11 章

最近のこと

母と

最近のこと

南さんインタビュー

一週間のうち、家にいる日はほとんどないんです。空手と英会話のある日は東京に行く。家にいる日は執筆ばっかり。家族も協力してくれる。途中、二〜三時間は頭を休めようと、俺の好きなお笑いの志村けんとかドリフとか、コロッケがやっているものまねキャラバンとかを見たり……。二時間書いたら好きなお笑い番組を見ていいってことにして、必死になって書く。で、休憩にテレビを見る。それでまた原稿を書く。原稿はまじめに書かなければいけないから、お笑いのことは頭から締め出して。切り替えていくんです。

気晴らしに料理したらと言われて料理を作ったり。カレーとか。最初は何回か（作っているところを）見てもらって、慣れてきたら「一人でやってみな」って。カレーは普通に売っているルー、あれの作り方を見ながらやる。この本には書いてないけど、養護学校の卒業生とか先輩がいる料理教室に行ったことがあって、料理のやり方を教わった。月に一ぺん行っていてそこで覚えた。最初に妹に見てもらった。最初は包丁の切り方がわからなかったから「こう切ったらいいよ」と見てくれた。手をこうしなさいとか。そのあと火をつけて、火とかガスはあぶないから、そこは集中しろって言われてさ。料理は刃物使う、ガス使う、火使う。で、ここは集中しろと。それからアクをとって。その時水ばっか取っちゃって水を足したりして……。

料理教室では基本から習った。包丁の使い方とか洗い方、具材の決め方、どうやって切るかとか。そこには学校の先輩とか同級生がいて、包丁を使っている時にちょっかいを出してきたりするんだ。そういう時は「危ないから。いま集中してるからごめんね」と言う。きつく言ってもわからないから、上手にやさしく、「近くにいてもいいから手は出さないで」って。

カレーの他には焼きそばとかスパゲッティとか妹に教えてもらってるよ。でも具材を大きく切りすぎとか言われたり。カレーは具材が大きくてもいいんだけど、他の料理はちょっと難しい。料理によって具材の大きさが違ってくるでしょ。カレーは簡単。トントントンと切って、火にかけて、水入れて、アクとって、ルー入れて、で終わり。

このメガネは四十四歳の誕生日プレゼントにもらった。お店でフレームがあうように見てもらって、視力を測って。四十歳過ぎて初めて老眼が入った。原稿書いている時にはこうやってメガネを上げて書いたりしてね。今は、普段はこのメガネをかけていて、勉強をするとか字を書く時は老眼鏡を持ってきて、こっちを外して壊れないようにしまって……。

でも何時間もかけていると見えすぎて疲れちゃうから休憩しろと言われる。それで休憩してると、「ちょっと手伝って」とか。いや、いま目を休めてるところだから待ってよって。「洗濯物干してよ」。「はいはい」って。それから妹が料理したり洗い物したりしている時、食器乾燥機の乾いた食器をしまったり。割っちゃわるいからそーっと持っていってしまう。あとは掃除機かけたりとか……。

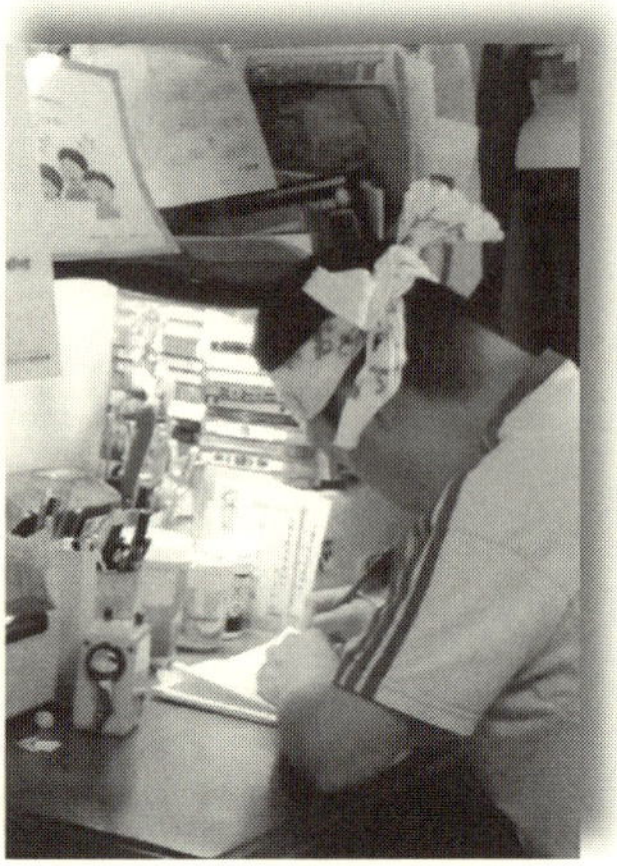

執筆中の著者

ＮＨＫのど自慢

僕は幼少の時から今の歳になるまでに、色々な人達の支援やお世話をいただいてここまで来ました。その感謝の気持ちとお礼を言いたいと思い、「ＮＨＫのど自慢」の予選を受けることにしました。もし運よく受かってテレビに映れたら、皆に感謝の気持ちを言えると思いました。

申し込みハガキを出しました。歌は「いのちの理由」に決めました。この歌はさだまさしさんが作った歌で、コロッケさんが歌っています。この歌を初めて聴いたのは、二〇一〇年のＮＨＫホールでコロッケ三十周年コンサートを見た時でした。コンサートの最後にコロッケさんがまじめに歌った歌がこれでした。母が「いい歌よね」と言いました。母の目からひとすじの涙が流れていました。「誰でも皆幸せになるために生まれて来たんだよ」という歌詞です。「悲しみの花の後からはよろこびの実がみのるように」という歌詞です。

一カ月後にようやく予選会出場券が届きました。予選会にむけて猛練習しました。

まずＣＤを何回も何回も聴くところから始めました。何回も聴いているうちに自分が間違って歌っているところがよくわかりました。

歌をカセットに吹き込んで聴いてみました。

この時に自分の滑舌の悪さに気づきました。言葉をはっきりと歌うように気をつけようと思いました。

当日は電車とバスに乗って木更津市民会館に行きました。一時間前に着きました。

もう大勢の人が集まっていてすごくにぎやかでした。皆とすぐ知り合いになりました。

参加者は二五〇人で二〇人が合格とのことです。ダメかもと思ったけれど、予選に出られてよかったです。マイクで出場者が呼ばれたので集合しました。

つぎに観覧の人達が入ってきたので会場がいっぱいになりました。

いよいよ予選会が始まりました。

落ちました。

南さんインタビュー　のど自慢

NHKのど自慢をテレビを見てた時、俺も出たいけどどうやって出るのと母に聞いたら、母が問い合わせてくれた。それで自分で応募して、「いのちの理由」のCDを買ってもらって、家で練習してカラオケボックスに行っておふくろに教わりながら練習した。（予選の前は）必死で一日中練習したよ。

予選はリハーサルも兼ねていて、立ち位置の確認とかしながらやったんだ。

もし本番に通っていたら、ゲストは野口五郎さんだったのに。

曲は良かったんだけど、がちがちに緊張しちゃった（目を寄せて身体をぶるぶるふるわせて再現してくれた）。鐘が鳴ったら次の人にマイクを渡して移動する。

その後、番組の司会の人に「この歌を選んだ理由はなんですか」とか聞かれて。

緊張してたからなんて答えたか覚えてないけど……。

日本ダウン症フォーラム京都

一九九七年の十一月三十日に泊まりで新幹線で京都へ行きました。お袋と一緒に行きました。

今から二十年前、僕は二十五歳の時に日本ダウン症フォーラム京都のパネルディスカッションでパネリストをやりました。石川君や河内さん、中村さん、宮永さんと僕で話をしました。司会の佐々木さんと僕達は顔合わせしてあったので、緊張もせず楽しくできました。僕は道着姿で参加しました。ディスカッションのあと、それぞれが特技を披露しました。石川君はカラオケ、中村さんはピアノ、僕は空手の型をやりました。

その日に披露するために空手の稽古をつけてもらっていました。本番の時には教わったすべてをやりきることができました。

その時に石川君や河内さん、中村さん、宮永さんと一緒にパネリストができて、よかったと思います。

最後は皆で手話をしながら名曲「四季の歌」を歌いました。

その時の皆に会いたいと思います。

南さんインタビュー　話し方について

早口なんで、ゆっくりしゃべるために、戦場カメラマンの渡辺陽一さんのまねをしてるんです。家ではしゃべっている時に急にケータイとかを向けられて、これをテレビカメラだと思えと言われたりする。テレビでしゃべっているつもりになれ、それじゃあ字幕を出されるぞって。それで録音したものを聴くと、なに言っているのか自分でもわかんない。こんなに早口なんだって。話し方を直すために普段からそんなことをしてる。講演したり人前で話したりするからね。できることをがんばらなきゃ。

南正一郎の大事な長谷川知子先生

長谷川知子先生は僕の良き理解者です。

先生のおかげで色々なところから声をかけてもらえるようになりました。

最初はてんとう虫の会のことです。初めて一人で話をしました。その時に長谷川先生が聞いてくれて、それからいろいろな講演に呼んでもらえるようになりました。

講演会に来ている親御さん達は、自分のお子さんのために話を聞きに来ているんだと思い、僕の話から何かを感じ取り、そして、自信を持ってもいい、気長にあせらず急がなくても早くやろうとしなくてもいい、いつか必ずできるからという気持ちを親御さん達に話しました。

あちこちの講演の場所を用意してくれた長谷川知子先生に、ありがとうと言いたい気持ちでいっぱいです。

京都講演旅行

二〇一二年の十一月二日、講演のために新幹線に乗って京都に行きました。

行きの新幹線で原稿に目を通し、頭の中にイメージをしました。

その後はお昼を取り、少し寝ました。

京都駅に少し早めに着いたので、駅の喫茶店でコーヒーを飲んで一息入れて、今夜の民宿「古梅川」に着きました。古梅川は京都ダウン症児を育てる親の会トライアングルの会員さんが経営する民宿です。

荷物を置いて、空手の型の練習をしました。

少しして長谷川知子先生が見えました。翌日の打合せをして、少しゆっくりしました。

夕方を少し過ぎてから迎えが来て夕食会に行きました。簡単に親睦を深めました。当日司会をする人が「明日はよろしくお願いします」と言ってくれたので、僕も「こちらこそよろしくお願いします」と言いました。

その時に高平有香ちゃんと会いました。有香ちゃんはトライアングル事務局スタッフの高平さんのおじょうさんです。有香ちゃんのお母さんたちが長谷川先生と僕を呼んでくれて、講演をすることになりました。

有香ちゃんと会って話をして、「メル友になろう」と言ってくれたので、「いいよ、メル友になろうね」と言いました。今でもメールのやりとりを続けています。

有香ちゃんは明るくてチャーミングで元気な女性です。ヒップホップダンスがうまくて、ものすごく字が上手です。有香ちゃんも僕もよくおしゃべりをするので、あっちこっちで講演をしたりします。

　当日の朝を迎え朝食を済ませ少しゆっくりして会場に行き、最後のリハをして本番をしました。

　京都市障害者スポーツセンターの会場には、トライアングルの会員の方はもちろん一般の方達が僕の話を聞きに来てくれました。

　静まり返った中、僕は話を始めました。最初はまじめな話から始めて、少しの爆笑を入れて、リコーダーの生演奏をしたあと、名曲「いのちの理由」を熱唱しました。最後に、空手の型をやりきりました。

　その後、別室にて質問コーナーがあり、そ

講演中の著者

れから握手会とサイン会もやりました。幼少の仲間を持つ親御さん達ひとりずつに僕はメッセージとしてエールを書いていました。

「急がなくてもいい、必ずできるし覚えられるから」

京都に行ったおかげで友達ができてよかったです。高平さんと有香ちゃん、ありがとう。

南さんインタビュー　メル友

高平有香ちゃんは京都トライアングルの事務局の人のおじょうさん。京都講演に行った時に会って、メールをするようになった。向こうは嵐の松潤が好きだから、テレビ番組雑誌とかアイパッドで松潤のスケジュールを調べて、何時にテレビに出るよとか知らせてあげたりする。志村けんも好きだから教えてあげたり。一度「正ちゃんのものまねが見たい」って言われたけど、俺似てないし……。

お肌のケア

四十歳になってからお肌のケアに気をつけています。妹が色々と教えてくれて、「頭にはワックスを少し付けた方がいいよ」とか、その服装に合った髪形もセットしてくれます。

最近では、ほんのり長めの坊主頭にしてくれます。ちょっとワックスを付けれるくらいにしてくれます。

妹がある時、正しい洗顔の仕方を教えてくれました。洗顔後には、「これを付けた方がいいよ」と言って、色々用意してくれます。化粧水と乳液を、ほんの少しをのばして顔に付けています。ひげそりはシェービングローションを付けると結構違います。顔を洗う時も、かるーくこするのがいいのです。その後に水分を与え、油も少し与えて、気をつけて毎日ケアをしています。リップクリームは一年中付けています。

南さんインタビュー　身だしなみ

中学までは丸坊主で、養護学校に入ってから一時期パーマをかけた。パーマ禁止とかピアス禁止とか校則はなかったのに、真冬に「なんだその頭は」って担任に頭を水の入ったバケツにつっこまれた。

結構最近だけど、茶髪にしたこともある。空手の道場では、師範が「どうしたのそれ」って。まじめにやっているように見えないから、ちょっと短くしようかって。「染めるのはダメ」っていうふうには言わないで、もうちょっと短いほうがいいよと。「その色かっこいいけど、ここはスポーツをするところ、格闘技をするところだからそれだとちょっとなー。かっこよくて似合うんだけど」。それで記念に写真をとって、妹に髪を切ってもらった。

髪は妹に切ってもらう。ここまで伸びたらというのを決めて切ってもらう。すぐ切ってもらうとすぐ終わっちゃうからね。なるべく多めに切ってもらいたいから。だからぎりぎりまで伸ばして、いっぱい増えてる状態で、さあやってって。後ろは刈り上げじゃないけど、ここまでっていうのがあって、伸ばしてからじゃないとボウズになっちゃうから。頭を色々な角度から写真にとって、どこまで切ったらいいかの設計図にしてる。ここはぎりぎりここまでって計算されてね。

Y・Y君との出会い

二〇一三年の二月九日と十日の日に、東京世田谷ふたばの会の成人部会「ジャンプジャンプ」と福島の「ムーンスマイル」の合宿に呼んでもらって、東京都渋谷区代々木青少年総合センターに集合しました。この日にY・Y君と初めて出会いました。Y・Y君は「ムーンスマイル」のメンバーです。

東京の渋谷駅近くの科学こどもセンターの中のプラネタリウムを見に行きました。その時に見た星空がすごくきれいでした。その後山手線に乗り原宿の竹下通りに出て皆と一緒に食べたクレープがすごくおいしかったです。マリオンのクレープ大好きです。班に分かれてからアイドルショップに入りました。皆がグッズを楽しんで買いました。プラネタリウムを見る時もクレープを食べる時もY・Y君と一緒に行動しました。途中、「気持ち悪くなった」と言った時に、トイレに一緒に行ってあげたりしました。

それから地下鉄に乗って代々木に戻り宿泊の準備をしました。男子皆と入浴しました。その後楽しい夕食会をして仲間と楽しい夜を過ごしました。夕食会が終わり皆と集まった時にリコーダーで「きらきら星」と「ハッピーバースデートゥユー」を吹きました。

翌日のプログラムは研修でした。その時に僕は空手の型をいくつかやり見てもらいました。

その後、落語一席を披露して大爆笑でした。その後は本人達だけでドイツのダウン症情報センター制作のDVDを一緒に見ました。

福島県いわきへの旅

二〇一四年十一月二十三日の日曜日の朝十時半に東京駅八重洲口高速バス乗り場に行くと「ジャンプジャンプ」の皆が来ました。十一時出発のJR高速バス「いわき号」に乗りました。そのバスの中で僕は、ジャンプジャンプのI・N君とそのお母さんと一緒に座りました。I・N君と楽しい話をしました。バスの中で皆と一緒に食べた弁当がすごくおいしかったことも思い出します。

着くまでに時間があったので少し寝ました。いわき市のバスの停留所に着くと「ムーンスマイル」のメンバーが出迎えてくれて、皆と一緒に貸切のマイクロバスに乗りました。僕は友達になったY・Y君と一緒に座りました。バスの中の皆はグッスリという感じです。そこでもうひと眠りしました。

まず最初に、金澤翔子美術館に行きました。そこで二班に分かれました。僕はムーンスマイルの班に入りました。金澤さんの書を見ました。迫力でした。

書道の観覧をしてまわってから、茶道のお菓子をいただいたあとお茶を飲みました。正座して皆で緊張してでもおいしかった。

マイクロバスに乗りエコホテルいわき湯本に着きました。

女子と男子に分かれて部屋に入りました。荷物を置いて少しゆっくりしてから交流会をしました。自己紹介をしてから、交流会が始まりました。オープニングで三味線伴奏からスタートしてヘルマンハープの演奏を聴いて、ダンスも見ました。会のメンバーそれぞれの発表がとても上手でよかったです。

僕はリコーダーの演奏を何曲か吹いてから空手の型をいくつかやり、落語の噺をしました。いつもの「饅頭怖い」でした。

その時、皆と一緒に食べたあのカレーがすごくおいしかったことを今でもよく思い出します。皆で大盛りのカレーを食べました。

ふたば会やムーンスマイルの会の皆と温泉に入り夜遅くまで遊んだりおやつを食べたりしていました。寝るまで楽しかったです。楽しい夜を過ごせて良かったです。

朝食は秋刀魚丸ごと一匹がすごくおいしかったです。

友達と　福島の旅　秋刀魚かな

良い天気に恵まれた秋晴れの中の楽しい福島の旅になりました。とても良い最高の合宿でした。

いわき・ら・ら・ミュウの海と魚のフードテーマパークで昼食を取りました。

近くの公園で遊んだことを思い出します。僕は皆と会えてすごく良かったです。

同級生内田晴寿君との再会

晴ちゃんは、いつも「正一」と言って声をかけてくれ親切にしてくれました。困った時には手助けをしてくれました。

初めて会ったのは一九八〇年頃で、外苑中学校のマラソン大会は毎年一緒に行きました。マラソン大会は晴ちゃんが毎年一番です。

一九八九年に外苑中学校を卒業して、先日二十八年ぶりに会うことができました。それは、二〇一七年一月十七日のことです。空手の稽古と英会話教室での勉強の帰り道、千代通りを代々木駅に向かって歩いていて、偶然、晴ちゃんと会いました。少し話したら「今店終わったから飲みに行こう」と言ってくれたので、代々木駅の近所の居酒屋に行って生ビールを飲みました。焼き鳥とからあげと煮物を食べ、小中学校時代の話をしました。一瞬タイムスリップしたような気持ちになっていました。話は尽きず、晴ちゃんが「正一、今週の日曜日あいてる？　餅つきやるから来いよ。続きの話をしようぜ」と言って誘ってくれたので行くことにしました。餅つきは楽しいぞ！

当日の朝を迎えました。雲ひとつない青空でした。ワクワクうれしい気持ちがしました。みどり公園に着くと晴ちゃんが「おーい正一、こっちに来いよ！」と声をかけてくれ、そばに行くと「正一、ビール飲もうか」と言って、二人で缶ビールを飲みました。

餅つきが始まって盛り上がりました。小さい子ども達も餅つきをしました。僕は小さい子ども達一人一人についてい杵《きね》を一緒に持ってあげて餅つきをしました。どの子もうれしそうに餅つきをしていました。大人も子どもも僕もニコニコでした。

会も無事に終わり、掃除や片付けをした後、打ち上げをして盛り上がりました。僕と晴ちゃんとあと二人で二次会をしました。楽しい思い出話に花を咲かせて、少しのお酒を飲みました。夜の七時半まで話をしていました。色々な楽しかったことを思い出しながら電車にゆられて帰りました。

習い事の帰り道、よく通る道があります。そこになんと内田フラワーショップがあったんです。晴ちゃんはお花屋さんです。店先に色とりどりの花が並んでいました。晴ちゃんはいつも色とりどりの花束を作ってお客さんを笑顔にしています。

僕は花が大好きです。絵手紙にして書いてみるのもいいなと思います。その通りを歩いているとふと思い出す歌は、そう、スマップさんの「世界に一つだけの花」です。あの花もこの花も皆きれいな花、その花束で道を通る人達を笑顔にしてくれるのは内田フラワーです。

お花って見ていると気持ちがなごみます。お花って本当にいいよね。ここで一句。

通り道　色んな花見て　電車乗る

内田フラワーショップ最高と言いたい。

日本ダウン症協会のボランティア

僕が白血病で入院していた頃のことです。我が家に電話が来ました。声の主は中塚さんでした。退院して少したった時です。

母が「正一郎、中塚さんから電話が来たから、一緒に行こう」と誘ってくれたので一緒に行きました。

早稲田の日本ダウン症協会（ＪＤＳ）の事務所に行くと中塚さんが出迎えてくれました。中塚さんが僕に「南君、退院おめでとう。元気になれて良かったね」と言ってくれました。

ちょうどお昼の時間になったので、三人で早稲田の近くの中華に行ってランチ定食を食べながら少し話をしました。中塚さんがごちそうしてくれました。

その後、事務所に戻ってから、中塚さんが僕に、「南君、もしよかったらラベル貼りと会報入れをしてみる？」と誘ってくれました。僕はすぐに「うん、僕やります」と言って通うことにしたのが最初でした。

最初のうちは中塚さんが貼り方と入れ方を教えてくれました。手がふるえそうにやりました。何度も通ってやっているうちにできるようになれました。息を止めて真剣の気持です。これも中塚さんが誘ってくれたおかげです。中塚さんは僕の良き理解者です。時おり気にかけてくれて、「南君」と声をかけてくれます。

一緒にお昼の弁当を食べながらテレビで「笑っていいとも」を一緒に見たこともありました。ダウン症の子どものお母さんではないけれど事務長です。

事務所移転

中塚さんが僕に、「南君、今度ね、このビル移転することになったの。今度の場所は大塚駅の近くになったのよ」と話してくれました。

その日のことです。中塚さんが僕に、「南君、実はね定年することになったのよ。後のことは全部話してあるからね。今度からわからないことはこの人に相談するといいよ。南君のことはよく話しておいたから」と言ってくれました。

中塚さんからの紹介で中西順子さんと会って、自己紹介しました。中西さんは中塚さんと同じように僕にしてくれました。

それから今までずっとＪＤＳのボランティアに月に一度通っています。

中塚さんとは今でも年賀状を送ったり、携帯電話でのメールのやりとりをしています。

中塚さんがＪＤＳのボランティアに誘ってくれたことに、本当に感謝しています。

ワクワク祖師谷事業所雛祭りのこと

二〇一七年三月四日土曜日の朝を迎えました。雲ひとつない青空でした。

朝六時に起床して一時間で用意を済ませて家を出ました。着いてすぐに堀田先生に会って少し話ができました。

ワクワク祖師谷の雛祭《ひなまつ》りはにぎやかです。利用者が作ったパンとクッキーを売っています。指導員と利用者が焼きそばとカレーの店を出していました。利用者と指導員のピアノとギターと太鼓の合奏が聴こえてきました。

僕は大原作業所から来た人達と一緒に焼きそばを食べたりしました。音楽を聴きながら皆で焼きそばを食べている時、ワクワクした気持ちになりました。とても楽しい一日でした。

最後までいて片付けをして打ち上げをしました。いつもならその席にいる堀田先生でしたが、用事があったので退席したそうです。佐藤所長が「南君、もう少し残って」と言ってくれたので僕は最後までいて、打ち上げ後の片付けとそうじをしてから帰ることにしました。


僕の恩師堀田和子先生は、大原作業所をやって、ワクワク祖師谷事業所をしていましたが、今では東京都世田谷区奥沢の世田谷産業プラザ内で喫茶店をやっています。そこでリンゴタルトをやっていると知って僕は一度食べてみたいと思って、妹と一緒にレシピを見ながら作ってみました。家族で食べてみてすごくおいしかったです。コーヒーのスイーツにピッタシです。

何日かたった時に、母と買い物に行きました。そのスーパーの一角にコーヒーの専門店があったので少し休憩してメニューでコーヒーを選んでみるとケーキセットがありました。リンゴタルトがメニューにあったので注文してみました。母と一緒に食べてみるとそれはすごくおいしいリンゴタルトでした。

いつか堀田先生のお店に行って、リンゴタルトを食べたいと思いました。

渋谷区代々木でおみこしワッショイ

幼少の頃は子どもみこしをかついでいました。時々休憩があってジュースとかお菓子とか色々なものが用意してあって楽しかったです。

終わってから大人みこしを終わりまで見ていました。ものすごい大きな声なのでビックリしました。おじさんとかお兄さんがものすごい迫力でかっこよかったです。

僕が成人になった時に近所の知っているおじさんである居酒屋バカ牛のマスターが「正ちゃん、今年から大人みこしをかつげよ。来いよ」と言ってくれたので、大人みこしをかつぐことにしました。「こっち来な」と言って、一番前をかつぎました。皆と一緒に「ワッショイワッショイ」と叫びました。生まれて初めて大声を出しました。

おみこしをかつぐ著者（中央）

祭りっていいいな。太鼓、笛、盆踊り、あと焼きそば、カキ氷。ハッピはちまきハッピー。

ここで一句。

笛太鼓　ドンドンピーヒャラ　マツリダヨ

好きなテレビ番組

根っからのテレビっ子で、お笑い、歌、アニメ、映画好きです。

最初はやなせたかしの「アンパンマン」をよく見ていました。それから「ドラえもん」を毎週金曜日に見ていました。手塚治虫の「鉄腕アトム」、水木しげるの「ゲゲゲの鬼太郎」、さくらももこの「ちびまる子ちゃん」、長谷川町子の「サザエさん」、臼井儀人の「クレヨンしんちゃん」を見るようになりました。

思い出に残るアニメは、一九八三年の四月三日から一九八五年九月二十九日までTBSで放送されたテレビ科学アニメ「ミームいろいろ夢の旅」です。

一九八〇年に小学校に入学して三十八年がたったんだと今思い出します。

さてここからは、歌番組やバラエティー番組の思い出話をさせていただきます。僕が好んで見てきた歌番組は数多くありました。その中から幾つか紹介します。

「ザ・ベストテン」「夜のヒットスタジオ」「ヤンヤン歌うスタジオ」「ザ・トップテン」「演歌の花道」「レッツゴーアイドル」「歌えヤンヤン」「歌のヒットステージ」「ミュージック・ステーション」「ミュージックフェア」などを見てきました。

フォークソングも大好きです。

僕は八歳の頃から、歌番組をテレビにかじりついて見てきました。あの頃を今でも懐かしく思い出します。

好んでいたアイドル達もたくさんいたあの頃、その時から僕は歌うことが大好きになりました。色々なジャンルの楽しい歌手たちの歌を聴けて見続けてきて、今良かったと思います。

南正一郎の歌好きは一九七五年の頃から始まりました。

これまでも、そしてこれから先も僕は色々な歌を歌い続けていきたいと思います。

僕が八歳の時から見始めたテレビ番組は、「八時だョ！全員集合」から始まって、時々「おれたちひょうきん族」「とんねるずのみなさんのおかげです」を見たこともありました。

「夢で逢えたら」や「笑っていいとも」、「ものまね王座決定戦」や萩本欽一さんの番組も見ていました。僕は色々なお笑い番組を見るようになりました。

漫才を見て楽しめるようにもなりました。古典落語を母とテレビで見ていて、そのうちに浅草の寄席に何度も行くようになり、「僕も落語が噺せたらいいな」と思うようになりました。

手始めに「饅頭怖い」を何度も練習して、京都トライアングルの講演の時に初披露しました。

その時から「笑点」も見るようになりました。

僕はこれからも色々な落語を覚えて話せるようになりたいと思っています。

南さんインタビュー　好きな映画

好きな映画は「ターミネーター2」、オードリー・ヘップバーン「ティファニーで朝食を」「ローマの休日」、マイケル・J・フォックス「バックトゥザフューチャー」、「インディージョーンズ」、「ゴースト」、「ホームアローン」、ジュディ・ガーランド「オズの魔法使い」とか。お笑い番組で映画のパロディをやるけど、本物を見てないと楽しめないから本物を先に見ないと。英会話の勉強になるから吹き替えじゃなくて字幕で見て、英語を聴く。たまに知っている言葉が出てきて、「ああ、あれだ」とか。リピートして聴くんです。他にはディズニーの英語版。「アナと雪の女王」とかね。最初は吹き替えで見て、話がわかったら英語で見る。英会話は八歳から三十七年間やってるんです。誕生日に「バックトゥザフューチャー」の英語のCD付の本をプレゼントされて、「アースエンジェル」という歌が出てくるんだけど、英語で全部書いてみたり、どうしても読めないところはカナをふってね。英語の歌は書き出して声に出して歌う練習をする。日本語に訳したりもするし、逆に日本語の歌を英語にしてみたりもしてね。「笑っていいとも！」のオープニングの歌をなんとか英語にしたいと思って、一つ一つ単語を電子辞書で調べて書いて。それでオープニングの曲のカラオケバージョンをカセットに吹き込んで、英語で歌ってみた。ＭＬＳの晋ちゃんに単語の読み方を教えてもらって、発音を聴いてもらいながら練習したんだよ。

エレナとジョンとの出会い

二〇一七年一月二十五日の朝、日本ダウン症協会理事の水戸川さんより三枚のＦＡＸが届きました。そのＦＡＸを見ると、「Born This Way」（註：ダウン症のある若者たちの米国リアリティ番組）に出演しているエレナ・アッシュモア Elena Ashmore とジョン John が来日して、日本のダウン症のある人達と交流し、グループホームを訪問する撮影をするとの内容でした。全米リアリティードキュメンタリー番組の撮影です。

水戸川さんが、「南君、もしよかったら同行してみる？」と誘ってくれたので、僕は「同行したいです」と言いました。ちょうど英会話教室のＭＬＳに通っていたので、水戸川さんから届いたＦＡＸを晋一先生に見てもらったら、「正ちゃん、自伝のための原稿を書いているよね。会えたらこう言ってごらん」と言って、二人で考えて英文を作ることにしました。

少しずつ電子手帳を使って調べながら作り、どうしても読めない所だけカナ付けをして何度も読み直しをしました。

そして本番の二月十七日が来ました。

電車やバスの中で練習しました。水戸川さんが来て十六時半頃一緒に電車に乗って公民館に行って、エレナとジョンに会いました。

ダンスを見学しに来たという設定でその部屋に入り、ダンスを見学したあと一緒に踊ったりしました。

そのあと道着に着替え、空手の型を二つやりました。終わっておじぎをすると盛り上がり大拍手をしてくれました。一生懸命思いっきりできました。僕も「きまった」と思いました。

その後、歌舞伎町近くのホテルに着いてからだいぶ打ちとけて、エレナと一緒のツーショット写メを水戸川さんに撮ってもらいました。

皆が部屋に入ってから、僕とエレナとエレナのお母さんと水戸川さんと四人でホテルのすし屋で親睦会をしました。話は尽きず時間も忘れて色々な話をして親睦を深めました。

エレナとすっかり仲良しになりました。その日はとても楽しい夜を過ごせて良かったと思います。僕はこう思った。初めてアメリカの友達ができたこと、本当にうれしいです。

世界ダウン症の日キックオフイベント二〇一七の時に、本人発表で詞「レインボーブリッジ」の朗読が聴けてすごく良くて感動しました。僕もエレナのようなパワーのあるパフォーマンス付きの話ができるようになりたいと思います。

とてもいい友達ができて本当にうれしいです。エレナは僕の目標の友です。

出会いをサポートしてくれた水戸川さん、ありがとう。

二月二十日、月曜日の朝が来ました。

六時に起きて、朝食を済ませて、茶わんを洗って、身支度を済ませて、待ち合わせの場所に行きました。早稲田駅近くのサイゼリア前に着くと水戸川さんが待っていてくれました。水戸川さんとタクシーに乗って撮影現場のグループホームまで行きました。

オープニングの撮影が始まりました。エレナとジョンと僕にピンマイクを付けてくれました。施設長に案内してもらう場面をテレビカメラが撮影していました。作業している部屋を見学しました。十五人くらいの寮生が箱を作ったりしていました。食堂や体育館も見学しました。「エレナ達とおしゃべりしながら見学してねとディレクターが言っていますよ」とエレナのママが通訳してくれました。僕はまずエレナとジョンに「ハーイ！」とあいさつしました。エレナも「ハーイ！」と返してくれました。ドラえもんのぬいぐるみが置いてあったので、「ドゥユウライクドラえもん、エレナ？」と聞いてみたら、エレナは「イエスアンドヴェリィなんとかかんとか……」と言いました。あと少し知っている会話をちょっとずつ言ってみてエレナとしゃべりました。僕が困っていたらエレナのママが通訳してくれたので楽しく会話ができました。覚えられる会話を晋ちゃんに教わって良かった。少しだけど英会話をアメリカ人としたことがわくわくしてうれしかったです。

お昼の時間になって寮生が料理を作り始めたので、厨房を見学している場面も撮影しました。

エレナとジョンと僕は、カレーとコーラをごちそうになりました。一緒に「イッツデリシャス！」と言ってニコニコ食べました。うま楽しかったです。

空が曇りがちでしたが、雨が降らなくてとても良い一日でした。

シーユー、エレナ！

種類の違うジャッキーの妹

十五年くらい一緒にいた愛犬ジャッキーはシェルティーでしたが、歳をとり亡くなって何年かたちました。そして何年かぶりに我が家にカニンヘンダックスフンドの子犬が来ました。妹と僕と母と三人でどんな名前がいいか相談して「テト」という名前にしました。

僕の起きる時間になると「お兄ちゃん起きて」とか、外出先から帰宅すると「お帰り」とか言っているような目をします。

テトと僕は大の仲良しです。何度か一緒に寝たこともあります。テトをだっこしたこともあります。あぐらの上に乗ったりしてそのまま寝ることもあります。右手、左手のお手もできるようになりました。まだ○歳ですが一生懸命歩きます。もしジャッキーが生きていたら大きい犬と小さい犬で、かっこいい犬とかわいい犬のコンビです。

いつまでも元気にな。

南さんインタビュー　テトのこと

東京に出ない日は、執筆して、犬の散歩をして、ちょこっと家事を手伝って。犬はなついている。たまに噛むけどね。妹と二人でしつけをしてます。名前はテト、「風の谷のナウシカ」から。

「ライブズ東京」に参加した

ある時、長谷川先生からメールをもらいました。「南君の得意なイベントの仕事があるけど、どうかしらと田川さんのお母さんから言われました。連絡先教えていいですか」。それで履歴書を書きスーツを着てネクタイをして、ハチ公前に行くと田川さんとそのお母さんに会いました。そのお母さんが「南君ひさしぶり、ふたばの会の田川です。南君のことは長谷川先生からよく聞いています。行きましょう」と言って一緒に面接の場所に行きました。その時に僕は、初めてキャスターの長谷部真奈見さんと出会いました。「ライブズ東京」

の本番の日に、一緒に司会をした方です。

順番が来て面接をしました。ハンズオン東京の白井さん比嘉さんそして矢島さん達が面接をしてくれました。「ライブズ東京」のイベントの仕事をすることに決まりました。

七月になってから、一回目のミーティングの時に自己紹介をしました。新しく入ったのは二人です。最初に森さんが「森です。よろしくお願いします」とあいさつしました。大きな声ではっきり言いました。僕も同じように大きな声を出して、はっきりと言いました。「正ちゃんと呼んでもいい?」「正さんと呼んでもいい?」と言われました。

九月十日の「ライブズ東京」をするためにミーティングをします。台本作りが始まりました。時々難しい言葉があったりしてよくわからない時もあったけど、教えてくれて説明してくれたおかげで自分の意見を言うことができました。

その中で「ライブズ東京」のチームのある人が「正ちゃんは話がうまいね。もしよかったら司会をやってみる?」と言ってくれた時はすごくうれしかったです。

だけど僕は早口で滑舌もあまりよくないこともわかっていました。その時に僕は「俺にできるかな? 自信ないよ」と言いました。自信ないけど司会をやりたいと思いました。

「正ちゃん大丈夫、安心して。一緒に司会をする人にはよく言っておくから」と言ってくれました。そう言ってくれた人は比嘉文さんです。いつも気にかけてくれて親切に接してくれました。比嘉さんが「正ちゃん何かわからないことがあったら聞いてね」と言ってくれて色々と教えてくれました。

比嘉文さんにありがとうと言いたいです。

顧問の安倍昭恵夫人と「ライブズ東京」のメンバーで昼食会をしました。スーツとネクタイの服装で行きました。

その日いつもより早起きをして、九時半に千駄ケ谷の駅前の道路を渡ったところから比嘉さんの車に乗せてもらって一緒に行きました。六本木を通って、霊南坂幼稚園を通って行きました。早めに着いたので用意をしてチームの皆が来るのを待っていました。

昭恵夫人と初めてお会いした時、非常に緊張したのですが「正ちゃん」と呼んでいただいたのでリラックスしました。

打ち合わせ風景

皆さんが順番に自己紹介をしました。

次に僕がスピーチをしました。比嘉さんの紹介で始めました。

「皆さんこんにちは。

南正一郎です。今四十四歳です。

自分は、ダウン症という知的障害を持っていま生きています。

僕は、十四歳の時から空手を習っています。中学二年生の時から習っていて、二十五年目にやっと黒帯を取りました。

僕はこれからもできることを続けていきたいです。

ハンズオン東京の九月十日にやるイベント「ライブズ東京」のミーティングに参加させてもらっています。

皆に教わりながら一緒に台本作りをしています。

そして、皆のように僕も意見を言えるようになりました。難しい言葉があったり、よくわからない時もあったりしました。時々は緊張したりしました。いつもチームの皆が親切にしてくれて教えてくれました。色々なことを経験できたことが良かったです。

僕は笑うこと、そしてテレビや舞台などでお笑いを見るのが大好きです。

ハンズオン東京のイベントの「ライブズ東京」を皆で盛り上げていきたいと思います。

よろしくお願いします」

スピーチ原稿を書いた時、何度も何度も練習してきたので昼食会の時にはしっかりと言い切りました。緊張もしました。

そしてそれから「ライブズ東京」のテーマソング「Happy Now（ハッピーナウ）」（作詞作曲つんく♂）がかかっていて皆で聴きながら、昼食をいただきました。すっごくおいしく楽しかったです。おいしいコーヒーを飲んでらくーな気分になりました。

「Happy Now」のＣＤはぜったい買おうと思いました。リコーダーで吹けるようになりたいです。

帰りは白井さんと六本木までバスで行きました。「お疲れさまでした」と言いました。

しんしんと雨が降る中でしたが良い一日になりました。

ハンズオン東京の事務所で封筒のラベル貼りやチラシ入れなどもしました。毎週集まって何度も念入りにミーティングをしました。そして、ＭＣの台本での僕のセリフから作成を始めました。

オープニング明けスポットライトがＭＣを照らす中、長谷部さんとのＭＣでのフリートークから始まりました。

その時に僕はこう言いました。

「さて、残暑も少々残りますがそろそろ秋の始まる頃です。秋と言えば食べ物も美味しいし、収穫の秋です。収穫のためにみんなで力を合わせて、働き、笑う、そんな素敵な季節の始まりですね。今日のイベントのテーマははたらく、たべる、わらうです。僕はライズ東京を通して、働く、食べる、笑うを仲間で分かち合って楽しく経験してきました。今日のイベントで皆さまとも一緒に考えていきたいと思います。

本日の司会進行をいたします南正一郎です。よろしくお願いします」

当日一緒に司会をしてくれた長谷部さんが「そして本日司会進行をお手伝いさせていただきます、長谷部真奈見と申します。よろしくお願いいたします」と言ってくれました。

「えっ、俺がメイン司会いいのかな？　上手に話せなかったらどうしよう」と思いました。

緊張のあまりつっかかりそうになった時に、長谷部さんが合図をしてくれました。それでなんとか言い切ることができました。もっと練習すればよかったと思いました。

台本がもう少し早くできていたら、つっかからずに言えていたと僕はそう思います。それだけがすごく残念でした。ＭＣの台本を覚えるのにあまり練習ができなかったことがものすごく大変でした。

だけど、本番の時には長谷部さんがフォローしてくれたおかげで言い切ることができました。本当にお世話になりました。長谷部さんに「ありがとう」と言いたい！

午前の部が終わってお昼の時間になったのでお弁当を食べお茶を飲みました。最後は正ちゃんがつんく♂さんと話してねと言われました。午後の一時少し前に「Happy Now」作詞作曲のつんく♂さん、歌手のビバリー（Beverly）さんのリハーサルを見に行きました。その時にその歌の良さを知りました。曲に込めた思いを知ることができました。

午後の部が始まる前に、リハーサルをしながら打ち合わせをしました。

午後の部が始まっていよいよ終盤、僕は意を決してこうつんく♂さんに言いました。

「ぜひ紅白でこのハッピーナウをビバリーさんに歌ってほしいと思います」

つんく♂さんは、「おお、すごいね！　でもそれがかなうと日本も明るいね」と画面に文字を打ち出してくれました。つんく♂さんはまたパソコンを打ちました。「紅白目指してがんばりましょう。みなさん応援してください」という、つんく♂さんの言葉を読んだ会場の皆は拍手をしました。

つんく♂さんのギターから始まり、ビバリーさんのしっとりとした歌声が会場に響きわたりました。ビバリーさんの歌に心打たれ感激し涙ぐんだ人達も、その会場にきっといたと思いました。

つんく♂さんそしてビバリーさん、名曲「Happy Now」の大熱唱を披露してくれたことに「ありがとう」と言いたいです。

「ライブズ東京」のイベントが終わり銀座の中華料理レストラン「ジャスミン」で反省会をして打ち上げをしました。

その時に飲んだ酒がうまかった。料理を食べ、「ライブズ東京」本番の感想の話をして盛り上がりました。

この「ライブズ東京」のチームに入れて、皆と知り合いになって、ものすごーくうれしいです。良い経験ができました。

「ライブズ東京」のメンバーの皆さんに「ありがとう」と言いたいです。

こんなやりとりも

南さんが司会席からアドリブで話しかけ、ステージ上のつんく♂さんはパソコンを通してスクリーンにコメントを打ち出した。

南　初めてミュージックステーションに出てタモリさんに会った時どう思いましたか。

つんく♂　ほんものやー、と思った。

南　つんくさんの曲では「いいわけ」「シングルベッド」が好きです。
つんく♂　どういうところが好きなの？
南　歌詞がいい。メロディもいい。
つんく♂　ありがとう。君いい人。
南　ＮＨＫの大晦日、ビバリーさんと紅白歌合戦で歌ってほしい。
つんく♂　おお、すごいね！　でもそれがかなうと日本も明るいね。
南　ミュージックフェアとか、谷原章介のうたコンでもいい。
つんく♂　君、音楽大好きやね。

誕生日パーティーをしてもらった話

二〇一七年十月十一日で四十五歳になりました。

その前日のことです。空手の稽古が終わって次の習い事に行く途中にふと思い出すのが長谷部さんでした。

一ヶ月ぶりに、長谷部さんの声が聞きたいと思って電話をすることにしました。空手の帰り道、甲州街道を歩きながら電話をしました。長谷部さんのオフィスは近くなのですぐに会えました。お会いすることができて少し話ができてうれしかったです。うれしさのあまり長谷部さんに「俺、四十五歳になるんだ」と言った時に、長谷部さんが「近いうちに誕生会をしようね」と言ってくれました。

十一月九日に僕は東京オペラシティに行き、「カフェ53」に着くとハンズオン東京のメンバーが来ていました。

メンバーの人達が「正ちゃんひさしぶり元気だった？　誕生日おめでとう」と言ってくれて、バースデーカードをそえたプレゼントをいただきました。ケーキは花火つきでした。すごくうれしかったです。ケーキを食べながら、お茶をしながら楽しい話をしました。またお茶をしようねと誰かが言いました。

天気も良くて、僕は幸せだなあと思いました。帰りの電車に乗っても思い出しました。

十一月十二日日曜日、第一回日本ダウン症会議に僕は母と行くことにしました。その司会を長谷部さんがやるので行きました。楽屋に会いに行って一緒に写真をとりました。会って少し話ができました。長谷部さんのように話が上手に話せるようになりたいです。声がきれいではっきりしていてすてきです。司会のことを色々学びました。長谷部さんと出会うことができて本当によかったです。チームライブズ最高！

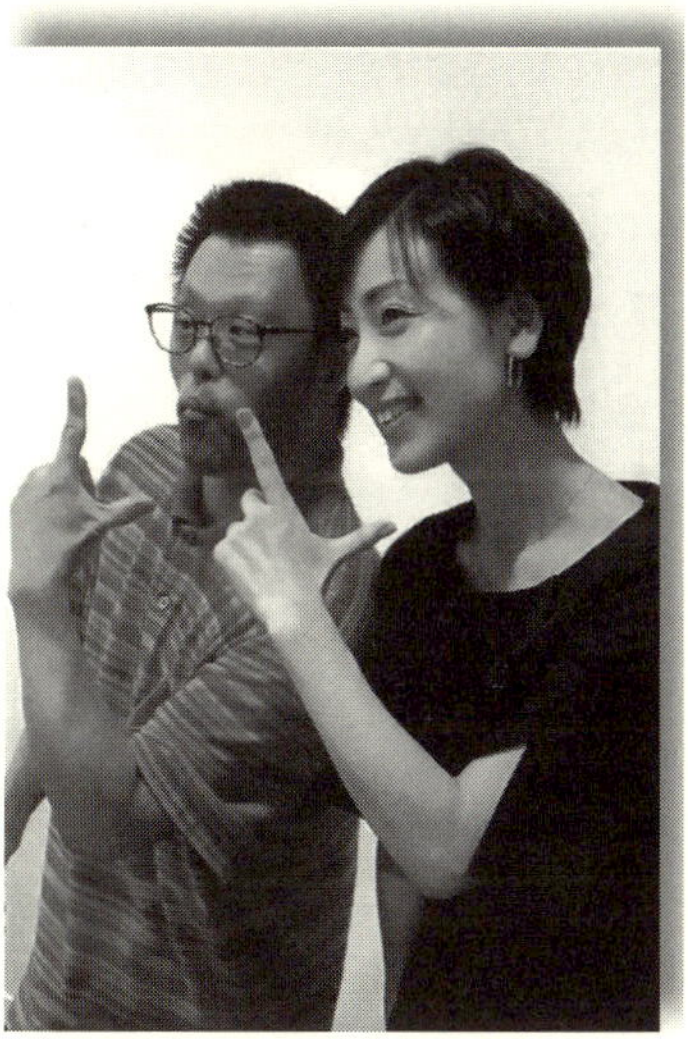

長谷部さんと著者

おわりに

この本をご愛読していただいた皆様。

僕達ダウン症を持つ人達のことを理解してほしいです。

世界各国には僕を含めてたくさんのダウン症の仲間達が色々なことにチャレンジしています。

僕達は根はまじめで意欲は人一倍あります。

できないことがあるとすれば、それは何かを覚えたいとしても、すぐには覚えられないということです。

けれど、僕達は覚えたい。そしてできるようになりたい。学びたいといつも思って今を生きています。

時間はかかるかもしれない僕達だけど、今できることを続けていきます。

こんな僕達ではありますが、皆と同じ社会の仲間と思ってほしいと思っています。

僕は生まれてきてこうして元気に生きています。病弱で体力も今ほどなかった僕ですが、少しずつ体力を付けてきました。決してあせらず気長に長い時間をかけて自分のできることを増やしていければよいと思います。
僕はいつもこの言葉を忘れないようにしています。それは、「素直とまじめ」という言葉です。

二〇一八年　十二月

南　正一郎

あとがき

自称第二マネージャー　長谷川知子（はせがわ ともこ）
臨床遺伝専門医

南君、いちおう年下の彼を私たちはこう呼んでいる。南君は面白い人。サービス精神旺盛で努力しているところも多々あるけど。

南君にはダウン症がある。でもそれは彼の個性の一部だけ。人間は皆、普通（人類共通）の部分と、それぞれ違った個性（多様性）の部分があって、とても複雑なのだ。

南君は、しっかりしている、特別だとよく言われる。それがとても嫌だとお母さんは言っておられる。特別に見られるのは、「ダウン症ってこんなもの」という色眼鏡を通して見られ、ありのまま見られていないことになるから。人間としてありのまま見てほしい。

ご両親は二人のお子さんを同じように育てられた。ダウン症だから、障害があるからといって特別にはしなかった。「人には普通の社会生活しかない。社会に出たら養護学校とは違うんだよ」と言われたと、南君は語っている。妹さんも、「障害者っぽい」恰好は偏見をもたれるからと気を配ってくれている。

子育てには、タップリの愛情と、善悪を教え毅然とした態度が基本になる。子育ての能力は、どの親にもそなわっている資質なのだが、「この子には無理」という偏見が入ると、せっかくの資質が抑えられてしまう。

南家の育児方針は、南君とお母さん双方から聴いている。

1．急ぎなさいと言わない

お母さん自身が急がせられるのが嫌だからと。

2．やりたい時にやらせる

やったら良いと思っても、かならず「やりたいかどうか」を聞き、やりたいことだけをやらせた。やりたくなさそうなら待っていたという。そうすれば意欲が出るし、続けられるからと。

3. いろいろな人に会わせ、いろいろな場所に連れていって経験を増やす

お母さんも仕事で忙しかったので、信頼できる人たちに頼んだ。近所の子や大人、親戚をはじめ、いろいろな人とつきあうようにさせたから、人との自然なつきあい方を身につけられた。そして、誰からも、学ぶべきこと、学ばないほうがよいことを教えられた。

4. 育児の主役は親である

他の人に任せていてもお母さんは全部お見通し。大事なときは必ずお母さんが出てこられた。ご両親とも、親子だけのゆっくりした時間を見つけるようにされてきた。

早期療育も受けたが、それに頼ることはなく、むしろ親の学びの場として活用したという。

5. よくないことは絶対に許さない

子どもが悪いことをするのは、世の中をよく知らないためなので、善悪はきちと教えな

ければと。昔と違ってダウンの人たちも社会に出ていく。社会には多くの誘惑があるから、きちんと教えていくのはとても大事。ご両親は、新聞やニュースから、どこが問題か説明し、どのようにすべきなのかをしっかり教えておられた。

6．年相応に遇するように心がけている

南君が最初に講演をしたのは東京都中央区のてんとう虫の会。そのとき、ダウン症の子のお父さんが同じくらいの年だとわかり、「おれと同じだよ」とか「おやじだよ」と言ったら、お母さんは「そう、もうおやじなんだよ」と言われた。

でも、親は、年齢相応にしようと思っても、とかく子ども扱いしてしまうもの。彼はときどき不満を言っている「俺オトナなのに、子ども扱いするんだ」。そういうとき私はこう答える「親ってそんなものよ」。

7．世間話をする

世間話は、子どもが社会について自然なかたちで学び、社会性やコミュニケーション能

力が伸び、交友が広がるなど多くのメリットがあるという。そんな効用は知らなくても、人は普通、世間話を楽しむ能力がそなわっている。南君のご両親も、ごく普通の世間話をしておられる。大人になって精神的社会的につまづく人は、親から世間話を聞いたことがないようだ。

8．子どもが害を受けたら守る

子どもを守らなければという気迫は相手に伝わる。南君は、「最初はおとなしく聞いていて、最後に強～く言うと効果があがるよ」と世渡りの方法を教えてくれた。

9．わが子には謝っている姿を見せるようにしている

お母さんは、注意されたら素直に謝るようにしているという。厳しいことを言われると悔しくなるものの、皆にいろいろ言ってもらえるのはとても良いことだし、わが子のことなら謝れると言っておられる。

10. 自信過剰にならないように注意している

自信過剰も世の中のことを知らないためなので、南君が自分本位だったり、勘違いしたりというときは説明して自覚させてきた。文を読むときにも、自分の気持ちが入り込んで、間違った解釈になったときは「正確に読んでみなさい」と注意しているという。

ダウン症があると病気になることが一般より少し多い。南君も尿酸値が高く、薬で抑えても高めなので、担当医から痛風になるからビールはダメと言われた。でも、どうしても飲みたいのが呑兵衛のサガなのか、こっそり図書館や本屋で痛風について調べて、プリン体という言葉を見つけた。これが問題だと思って、じゃあプリン体がないお酒を飲めばいいんだ、では誰に聞いたらいいかと考え、薬剤師さんなら教えてくれるだろうと薬局に行った。「それはハイボール」と言われたので、「ビールは週に1日にして、あとはハイボールにしたんだ」と得意そう。

う〜ん、アルコールも尿酸は増えるそうなので、医師として放っておけない。私は南君に優しくはない。ズバズバ意見を言っている。人生の先輩として当然と思うからである。でも彼の人格を尊重しないで上から目線で言ったらプライドが傷つくだろうから、言い方には気をつけている。彼の知らないアルコールの害については、こんなメールを送った「テレビで見たら、アルコールも尿酸を上げるそうですよ」。

あとで彼に会ったときの返事は、「バッチリ!」「ハイボールを週1回にして、あとはノンアルビールにしたから」。やっぱり呑兵衛だ。お酒はやめられないみたい。でも、かなり意識して気をつけてはいるようだ。抑制が効けば依存症にはならないだろう。

南君は大病をしたので定期的に内科に行く。一人で行くこともお母さんが一緒のこともある。担当医師が変わったとき、こんな苦情を言っていた「先生はおふくろにばっかり話すんだよ。患者は僕なのにさ。腹が立ったよ」。私はこう返した「それは担当の先生にきちんと言わなくちゃ。私に言われても困るわよ。自分のことなんだから自分でやらなきゃね」。

30代のとき、南君が突然こんなことを口にした「ダウン症30になったらボケるんだって。でも俺ボケてないもんね」。これは大変と、「そんなこと誰が言ったの?」と訊くと、「皆言ってるよ」。「そんなことないよ。頭と体を使っていれば誰でもボケたりしないから」と返すと、彼は二つの相反する考えに困惑してしまった。知的障害がある人は相反する情報から判断するのが苦手である。そこで「私医者だからね。わかっているの」と言うと、「え?医者なの!」と驚き、それから健康面の相談をしてくるようになった(都合の悪いことを除いて）。

南君は立派な人だと思う。でも、そうとは言えないところもある。そりゃ人間だから当然だよね。お母さんも妹さんも見ちゃいられないときは厳しく注意する。そこで彼は知り合いにグチる。「うちの母ちゃん、半端じゃないんだ。たいへんなんだよ」……オーバーな言い方でウケ狙いしていることも無きにしも非ず。でも、これって、居酒屋でお父さんたちがグチるのや、お母さんたちが女子会でグチるのと同じようなもので、精神衛生に必要なのだろう。ダウン症などがある人たちに、そういう機会はあるのだろうか。良い子を装い、思いを心におさめてしていたら、引きこもったり、家庭内暴力を起こしたりするのも不思議はない。南君は、何でも喋ることができる親しい人が大勢いるから、健全な精神を保っていられるのだ。

いろいろな人とつきあうことをモットーとしてこられたご両親は、彼が今も、そしておそらく将来も成長を続けていくのに大切なことをしてこられたのだ。

「おふくろも妹もウルサイけど、正しいと思ったら言うことを聞くんだ」やっぱり南君はオトナなのである。

この本ができるまで

遠見書房編集部　駒形大介

南正一郎さんに原稿の束を託されてから本が完成するまで、どんなやりとりを経てきたかをこの場を借りて紹介いたします。

南さんを紹介してくださったのは長谷川知子先生でした。南さんの講演を録画した動画を見せてもらい、この南さんが原稿を書き溜めているのだけれど、本にならないかしら、というお話でした。長谷川先生には、本の完成まで折に触れて相談に乗っていただき、さまざまなアドバイスをいただきました。

二〇一四年、南さんに最初にいただいた原稿は、四〇〇字詰め原稿用紙で一〇〇枚ほどでした。すべて手書きで、主に鉛筆で書かれていました。何度も消しゴムで消して書き直した形跡がありました。南さんの好みなのか、漢字がたくさん使われていました。また、原稿用紙の切れ目で話を終える癖があるようで、たまに話がしりきれとんぼで終わっていることがありました。

それを編集部でパソコンに入力して、内容ごとに11章に分類し、章タイトルをつけました。本の元となる初校校正刷り（書籍レイアウトで原稿を印刷し、加筆や修正が必要な箇所に赤字を入れたもの）を作成しました。編集部で以下の整理をし、赤字を入れました。

・原稿は一人称に僕と俺の二つを使って書かれていたので、ですます調の本文に合わせて僕に統一した。
・同じ言葉を漢字で表記したりひらがなで表記したりしている箇所は、どちらかに統一した。
・てにをはの間違いや漢字の間違いは直し、言葉が抜けていて文章の意味が通らないところは赤字で言葉を補い、南さんの言いたいことと違っていないか確認するようにお願いした。
・説明不足でエピソードがぼんやりしているところは説明を加えるようにお願いした。
・また、新たに書き足してほしいテーマをいくつか（とくに成人後どんなことをして過ごしていたかについて）注文した。

南さんと会って、直接校正刷りを渡し、打ち合わせをしました。

校正刷りを南さんに渡してから、たまに電話をして進み具合を聞くと、「半分くらいできた。あと少し」との答えが返ってきました。いつも同じ答えなので心配でした。校正刷りを渡してから一年半以上経過しました。

もう一つ心配なことがありました。それは、原稿からは南さんの一面しか伝わらないのではないかということです。南さんはお母様のすすめで本もたくさん読まれていて、幼少期から日記をつけていたこともあり、書かれる文章はかなり整っています。ですます調で書かれていることもあり、文章からはきまじめな優等生という印象を持たれるかもしれません。たしかに実際の南さんは礼儀正しい人ですが、一方でとてもおしゃべりで、サービス精神旺盛、ときどき話を盛ったりジョークを言ったり、すごい早口で話し続けるといった面も持ち合わせています。興が乗ると身振り手振りを交えてマシンガントークを炸裂させます。そんな一面を出せたらと思い、急遽南さんにインタビューをして、本に南さんの語りを加えることにしました。

そこで南さんと待ち合わせ、喫茶店で二時間半ほどインタビューをしました。それを文字に起こし、編集して二校に加えました。このインタビュー記事は逐語ではなく、編集部で整理したものです。逐語だとさすがに長いし読みにくいので、南さんのマシンガントークをそのまま再現することはできませんでしたが、普段の南さんの一面を感じてもらえたらうれしいです。実はインタビュー後に居酒屋に移動して、そこでもテープを回していたのですが、残念ながら周囲がうるさすぎて聞き取り不能でした。

インタビューした日に、南さんは、初校でお願いした追加のテーマも含め、初校全ページを新たに原稿用紙に書き下ろしたものを渡してくれました。こつこつと書き溜めて、最初の原稿の倍ほどの量になっていました。ちゃんと書いてくれているのかという心配は杞憂でした。

成人後のエピソードがたくさん書き加えられ、説明不足だった箇所も詳しくなりました。二校では、本書に登場する地名や施設名などの固有名詞を編集部でも調べて、正確を期しました。

二〇一八年四月、二校校正刷りを南さんに郵送し、赤字のチェックと修正をお願いしました。今度は原稿用紙に書き直すのではなく、修正は校正刷りに直接書き込むようにお願いしました。そして、二〇一八年七月の世界ダウン症会議の日に間に合わせようと、「できるだけ急いでチェックしてください」と注文をつけました。南さんはがんばってくれて、約一カ月で仕上げてくれました。しかし、こちらの作業が進まず、七月発行は実現しませんでした。南さんは周囲の人達に七月に本が出ると宣伝してくれていたのに、出版できずごめんなさい。南さんにだいぶ叱られました。

それからまた時間があいてしまいましたが、こうしてようやく出版にこぎつけることができました。ダウン症をもつ南正一郎さんが書き下ろした半生記を、多くの方がお読みくださることを願っています。

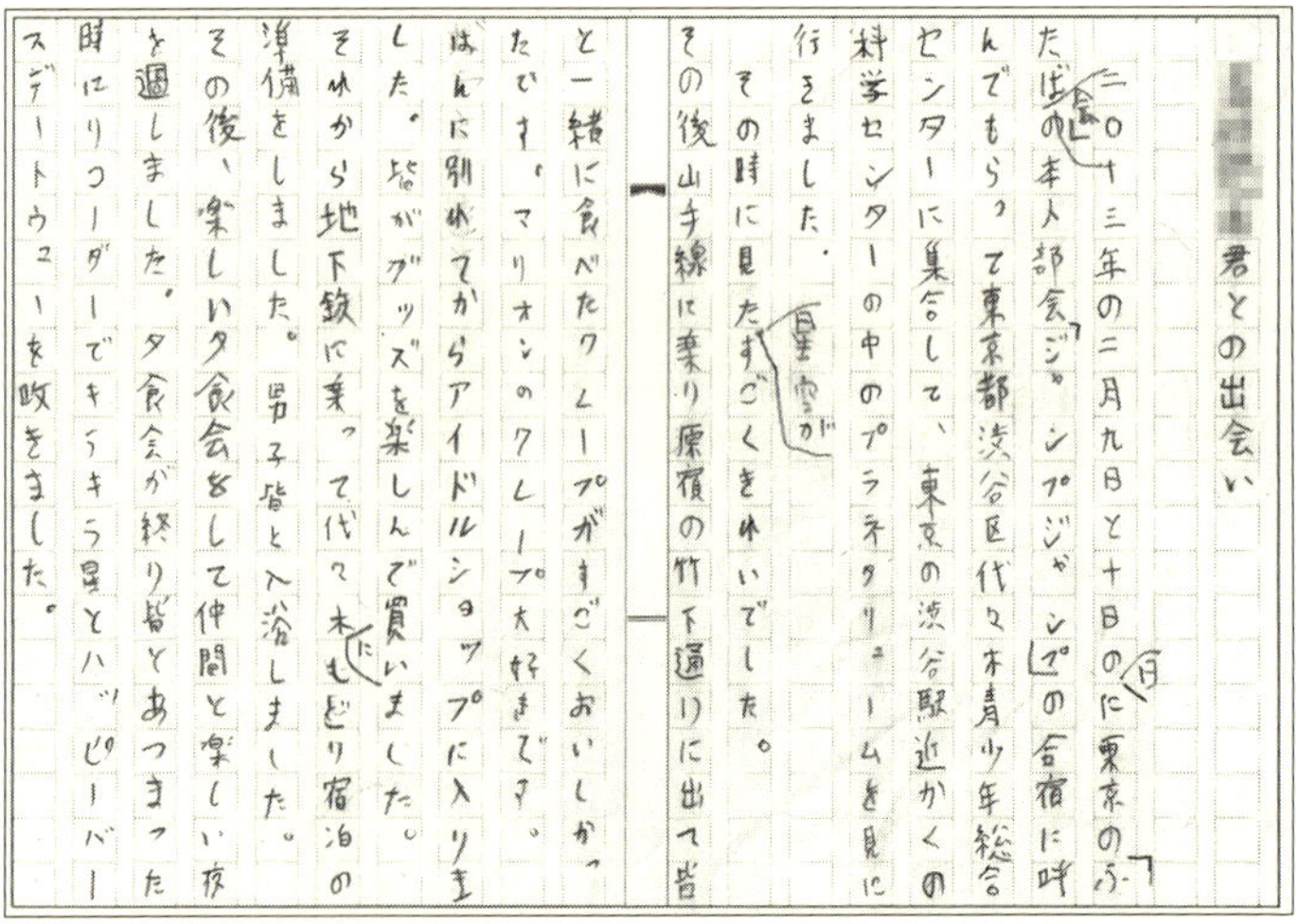

[redacted]君との出会い

二〇一三年の二月九日と十日の日に東京のふたばの会の本人部会「ジャンプジャンプ」の合宿に呼んでもらって東京都渋谷区代々木青少年総合センターに集合して、東京の渋谷駅近かくの科学センターの中のプラネタリームを見に行きました。

その時に見た星空がすごくきれいでした。

その後山手線に乗り原宿の竹下通りに出て皆と一緒に食べたクレープがすごくおいしかったです。マリオンのクレープ大好きです。はんに別れてからアイドルショップに入りました。皆がグッズを楽しんで買いました。それから地下鉄に乗って代々木にもどり宿泊の準備をしました。男子皆と入浴しました。その後、楽しい夕食会をして仲間と楽しい夜を過しました。夕食会が終り皆とあつまった時にリコーダーでキラキラ星とハッピーバースデートゥユーを吹きました。

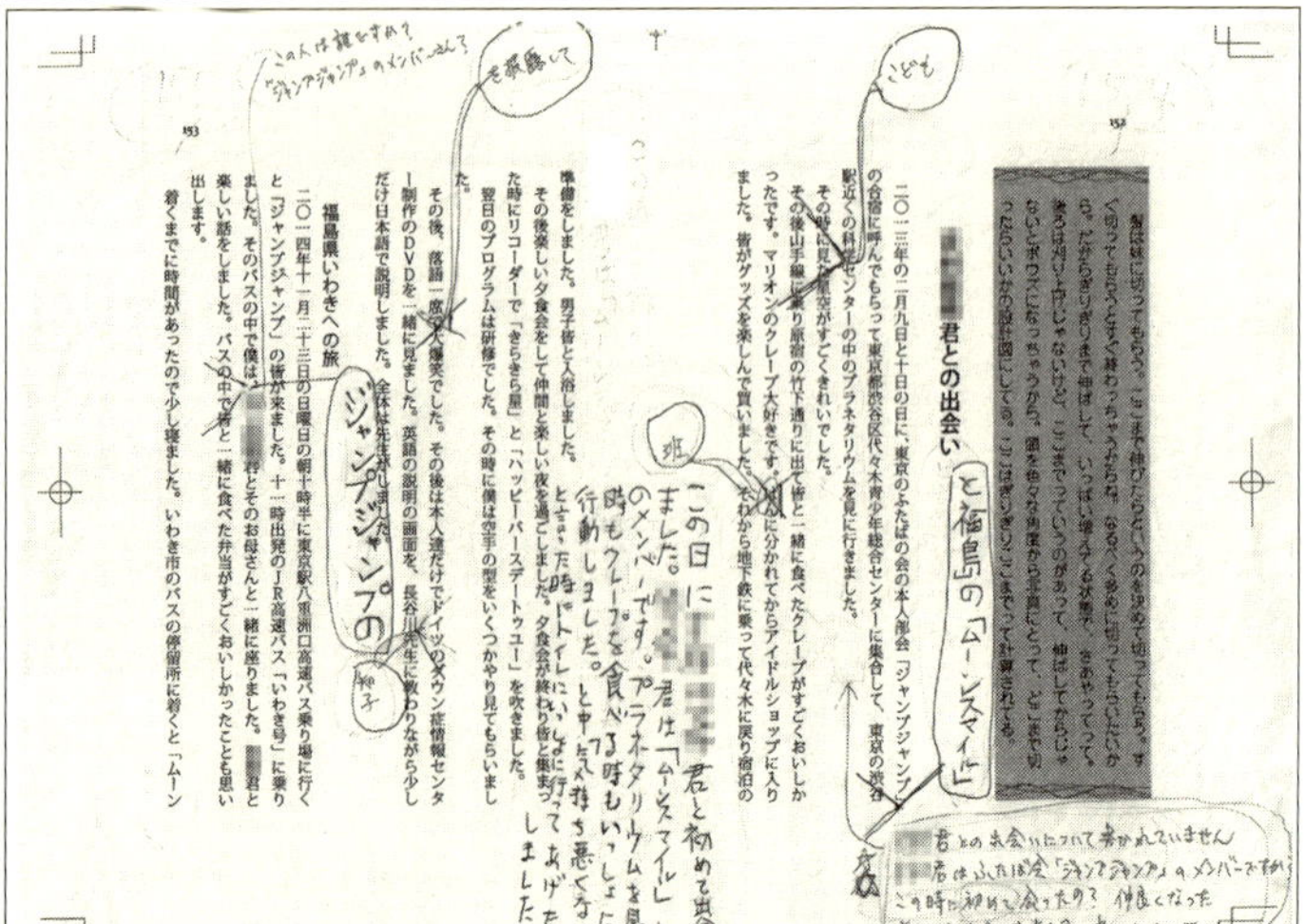

[redacted]君との出会い

二〇一三年の二月九日と十日の日に、東京のふたばの会の本人部会「ジャンプジャンプ」の合宿に呼んでもらって東京都渋谷区代々木青少年総合センターに集合して、東京の渋谷駅近くの科学センターの中のプラネタリウムを見に行きました。

その時に見た星空がすごくきれいでした。

その後山手線に乗り原宿の竹下通りに出て皆と一緒に食べたクレープがすごくおいしかったです。マリオンのクレープ大好きです。皆んに分かれてからアイドルショップに入りました。皆がグッズを楽しんで買いました。それから地下鉄に乗って代々木に戻り宿泊の準備をしました。男子皆と入浴しました。

その後楽しい夕食会をして仲間と楽しい夜を過ごしました。夕食会が終わり皆と集まった時にリコーダーで「きらきら星」と「ハッピーバースデートゥユー」を吹きました。

翌日のプログラムは研修でした。その時に僕は空手の型をいくつかやり見てもらいました。

その後、落語一席で大爆笑でした。その後は本人達だけでドイツのダウン症情報センター制作のDVDを一緒に見ました。英語の説明の画面を、長谷川先生に教わりながら少しだけ日本語で説明しました。

福島県いわきへの旅

二〇一四年十一月二十三日の日曜日の朝十時半に東京駅八重洲口高速バス乗り場に行くと「ジャンプジャンプ」の皆が来ました。十一時出発のJR高速バス「いわき号」に乗りました。そのバスの中で僕は[redacted]君とそのお母さんと一緒に座りました。[redacted]君と楽しい話をしました。バスの中で皆と一緒に食べた弁当がすごくおいしかったことも思い出します。

着くまでに時間があったので少し寝ました。いわき市のバスの停留所に着くと「ムーン

上は著者の直筆原稿
下は編集者の赤字が入った校正刷りに著者が手を入れたもの

著者紹介

南 正一郎（みなみ しょういちろう）

1972 年生まれ。

霊南坂幼稚園，代々木小学校，外苑中学校，青鳥養護学校高等部卒業。

1986 年，剛柔流空手道柳心館に入門。

2007 年，白血病を患うも 6 カ月の闘病生活を経て完治。

2010 年，空手初段取得。

2017 年，ハンズオン東京主催・障がい者のための働き方改革プロジェクトのイベント「Lives Tokyo 2017 はたらく・わらう・たべる」で司会を務める。空手二段取得。

2018 年，昨年に続き「Lives Tokyo 2018」で司会を務める。

現在は，ダウン症当事者として講演活動を行っている。

なんでもやってみようと生《い》きてきた
ダウン症《しょう》がある僕《ぼく》が伝《つた》えたいこと

2019 年 1 月 25 日　初版発行

著　者　南正一郎《みなみしょういちろう》

発行人　山内俊介

発行所　遠見書房

〒 181-0002　東京都三鷹市牟礼 6-24-12

三鷹ナショナルコート 004 号

TEL 050-3735-8185　FAX 050-3488-3894

tomi@tomishobo.com　http://tomishobo.com

郵便振替　00120-4-585728

印刷・製本　モリモト印刷

ISBN978-4-86616-079-5　C0011

ダウン症のある成人に役立つ
メンタルヘルス・ハンドブック
心理・行動面における強みと課題の手引き